Friedel Weise-Ney

Die Heilige vom Sperrmüll

Bibliografische Information der Deutschen Nationalbibliothek

Die Deutsche Nationalbibliothek verzeichnet diese Publikation
in der Deutschen Nationalbibliografie; detaillierte bibliografische
Daten sind im Internet über http://dnb.d-nb.de abrufbar.

1. Auflage, November 2019

© Wilfriede Weise-Ney
w.weiseney@googlemail.com

Titelbild © Martin Conrad
Bild S. 10 © Gerda Warning-Rippen

Gestaltung: Ralf Wolf | autorenservice.net

Herstellung und Verlag:
BoD – Books on Demand, Norderstedt

ISBN: 978-3-7504-1956-8

Friedel Weise-Ney

Die Heilige vom Sperrmüll

Friedel Weise-Ney ist Ärztin, Lyrikerin, Autorin und bildende Künstlerin (Malerei und Fotografie). Gedichte, Texte und Bilder von ihr sind in Anthologien und Bildbänden erschienen.

Einzelwerke: „Gabriels Himmel", Shaker Media, Aachen 2018; „Neue Beine für Schneeweisschen, Arzt-Patientengeschichten", einhard Verlag, Aachen 2017.

Lyrikband: „Gebunden an den Lebensbaum ersehnen wir uns Flügel", BoD, Norderstedt 2016.

Für die Geschichte „Rattenfänger" aus dem Buch „Neue Beine für Schneeweisschen" erhielt sie 2017 den ersten Preis zum Reformationsgedenkjahr von Kirche und Kultur Wiesbaden.

Sie ist Mitherausgeberin von zwei Anthologien.

Arbor vitae

unter der Rinde

die Schatten der Nächte

weben

eingeritzt in die Borke

wie in die Haut

Ängste

vergangener Zeiten

reißen Wunden auf

doch

manchmal wachsen

uns Flügel

Friedel Weise-Ney

Vorwort

Das erste Hochhaus, das ich als Kind kennenlern-
te, gehörte der französischen Garnison, oder wie
die Eltern sagten: „der französischen Besatzungs-
macht" in unserer kleinen Stadt. Dort wohnten die
Familien der französischen Soldaten. Wir Kinder
schlichen uns hinein und fuhren mit dem Fahrstuhl immer rauf und runter, ich glaube es waren
zehn Stockwerke. Die Aussicht war phantastisch,
wir konnten die Straße erkennen, in der wir wohnten, die Kastanienallee, den Schlachthof und das
Dach des Krankenhauses. Wir machten unsere
Fahrstuhlfahrten so lange, bis wir Hausverbot er-
hielten.

1982, als es noch zwei deutsche Staaten gab, musste ich in West-Berlin einen dreimonatigen Fort-
bildungskurs absolvieren. Ich hatte Glück und erwischte ein kleines Einzimmerapartment im elften
Stock eines Hochhauses. Das Zimmer war spärlich

möbliert, die Wände rostrot gestrichen, ohne Bilder. Ich musste auf einem harten Sofa schlafen, es gab weder Radio noch Fernseher. Vom Fenster blickte ich auf eine dunkle Industrieanlage, deren Rauch den Himmel noch grauer färbte, als er schon war in diesem regnerischen November.

An den Wochenenden fuhr ich in vollbesetzten, verqualmten Zügen nach Hause, nach Hamburg. Die Schaffner und Grenzbeamten hatten meine Sprache, vielleicht die gleiche Abstammung, denn mein Großvater väterlicherseits stammte aus Halle, und meine Mutter war auch irgendwo im Osten geboren worden, aber es kam mir so vor, als wären sie doch andere Menschen, ihr Ton, ihr Blick war strenger.

Vielleicht verändert auch das Leben in einem Hochhaus die Menschen? Sie leben wie in einem Ameisenhügel, dicht an dicht. Hören und riechen sich, stolpern über den Dreck der andern, gewöhnen sich mehr oder weniger an das Leben dort oder verzweifeln daran.

Selten traf ich in dem Berliner Hochhaus jemanden auf dem Flur. Man muss sicher selbst etwas tun, um mit den Mitbewohnern in Kontakt zu treten, dachte ich und klingelte zu unterschiedlichen Zeiten an den Nachbarwohnungen, um mich vorzustellen. Niemand öffnete, das Haus wirkte verlassen. Ich fühlte mich unwohl, hatte sogar Angst.

Auf einem der vielen Flohmärkte kaufte ich ein großes altes Ölgemälde, eine Landschaft mit gelber Blumenwiese, in der Mitte eine Eiche unter einem blauen Himmel. Das Bild hatte einen dicken Goldrahmen, ich nagelte es an die Wand, da schien die Sonne im Zimmer!

Auf diese Hochhauserlebnisse folgten noch viele weitere. Als Allgemeinmedizinerin war ich in verschiedenen Hochhäusern zu Krankenbesuchen. Leider hatte ich wenig Zeit, die Aussichten von dort zu genießen. Ich war froh, wenn ich die richtige Klingel im Eingangsbereich und die richtige Wohnungstür erwischte. Damals gab es keine Handys, mit denen man eben mal anrufen konnte, wenn zum Beispiel die Namensschilder unleserlich waren. Ich war auf die Mithilfe der Nachbarn angewiesen und auf funktionierende Telefonzellen in Hausnähe. In einigen Hauseingängen lungerten Betrunkene und lärmende Jugendliche herum, auch Drogenabhängige und Prostituierte saßen oder standen dort. Ich hatte Angst um meinen Arztkoffer, der Medikamente und Spritzen enthielt. Einige Arztkollegen und Krankenhauswagen waren Opfer von Raubüberfällen geworden.

Auf den folgenden Seiten begegnen Ihnen, liebe Leser, Menschen einer Hochhaussiedlung, die ich kennenlernen konnte, die es vielleicht noch gibt. Sind sie etwas Besonderes? Ich glaube, schon.

Ihre Friedel Weise-Ney
Aachen, im September 2019

Gerda Warning-Rippen – „*New York*"

Die Häuser

Hinterm Parkplatz des Supermarkts stehen fünf Wohnblocks, einige von ihnen sind sechs Stockwerke hoch. Die Häuser sind erst fünfzehn Jahre alt, sehen aber aus, als wären sie schon vor vierzig Jahren gebaut worden. Vor den bunten Graffitiwänden liegt ein großer Berg kaputter Matratzen, defekter Elektrogeräte und ausgedienter Möbel.

Vor Haus 2 stehen Pflanzenkübel auf einem Handkarren. Daneben machen zwei Frauen merkwürdige Bewegungen. Schaufeln sie Erde? Tatsächlich, sie drehen dabei ihre Oberkörper wie Insekten, wie riesige Ameisen.

Die Frau, die den Spaten mit einem Stiefeltritt in die Erde rammt, mit dem gelben Plastiksack in der Hand ist Mani, die ewige Studentin. Und die andere Schaufelnde daneben ist Anna, die ehemalige Tänzerin, sie spricht gerade mit dieser Rosenfrau, die sich selbst Rosie nennt. Auf einer leeren Holzkiste sitzt noch jemand, sie sieht aus wie Schwester Renate, die hier von ihrer schmalen Rente leben muss.

Anna zeigt mit ihrem Spaten erst aufs Dach, dann auf die Erde, so als würde sie etwas von oben nach unten holen. Mani lehnt ihren Spaten an die Hauswand, bückt sich und ergreift etwas vom aufgegrabenen Boden, das sie den anderen zeigt.

„Wir haben Knochen gefunden", ruft sie dem vorbeigehenden Mann vom Hausmeisterdienst zu. Er wohnt auch in einem der Häuser. Einige behaupten, er sei der Sänger vom Dach. Der Mann kann nicht ganz normal sein. Wer singt schon auf einem Dach?

„Schauen Sie mal, sind es vielleicht Menschenknochen?", fragt Mani, „ich werde nachher Ina fragen, ob sie die Knochen ihrem Vater zeigen kann, der ist Arzt."

„Kann sein", antwortet der Mann beim Anblick eines schmalen Knochens und eines Unterkiefers. „Vielleicht stammt die Erde von einem aufgehobenen Friedhof. Ihr solltet die Knochen sammeln."

Anna lässt die Schaufel fallen: „Das ist doch schrecklich, gerade jetzt, wo wir hier einen Garten anlegen wollen, finden wir Leichen."

„Knochen", fährt er fort, „ich frage mal bei der Hausverwaltung nach, oder sollen wir alles der Polizei überlassen? Dann wird hier die Gegend erst mal abgesperrt und ihr könnt nicht weiterarbeiten. Aber vielleicht wurden hier auch nur ein paar Haustiere begraben."

Anna lacht: „Klar sind die Knochen von Haustieren." Der Mann lächelt Anna an.

Rosie tritt unruhig von einem Bein aufs andere, blickt in Richtung Parkplatz.

Mani mischt sich ein: „Aber das ist doch sicher die Elle eines Menschen?" Sie hält den Knochen in die Höhe.

Schwester Renate schüttelt den Kopf: „Es ist doch egal, ob Mensch, ob Tier, wir sollten sie sammeln und an einem anderen Ort beisetzen. Hier kommen Pflanzen hin, basta!" Sie steht auf und schiebt die leeren Holzkisten auf die Seite: „Soll ich mitmachen?", fragt sie.

Die anderen Frauen rufen: „Na klar, du hattest doch schon mal einen Garten, du kennst dich aus."

Vom Hauseingang kommt langsam ein Rollstuhl auf sie zugerollt, darin sitzt Alkim aus dem sechsten Stock. In seinem Schoß liegt eine bunte Gipsfigur.

„Die soll hier stehen", sagt er in gebrochenem Deutsch. „Es ist die heilige Barbara, meine Frau hat sie auf dem Sperrmüll gefunden. Ich habe sie wieder zusammengeflickt."

Mani und Anna nehmen ihm die Gipsfigur vom Schoß. Sie betrachten sie kritisch, lächeln den alten Mann an.

„Wer war diese Heilige?", fragt Anna.

Empört schaut Alkim um sich und fragt: „Ihr kennt eure eigenen Heiligen nicht? Die heilige Barbara ist die Schutzpatronin der Bergleute. Sie war auch meine Schutzpatronin, sie stammt wie ich aus der Nähe von Istanbul."

Rosie

Rosie blickt vom Fenster ihrer kleinen Wohnung auf den Parkplatz des Supermarkts und auf die Nachbarblocks. Die Hauswände sind grau wie ein Novemberhimmel, nur ihre Sockel sind beschmiert mit Bildern und Schriftzeichen, die aber niemand deuten kann. Im Eingangsbereich von Haus 3, das sie von hier sieht, sitzen Jugendliche, trinken und johlen. Verschiedene Sprachen mischen sich mit unterschiedlicher Musik. Zwischen den Häusern und dem Parkplatz sitzen Bettler mit ihren Hunden auf einem zertretenen Streifen Erde. Leere Flaschen, fleckige Decken liegen neben ausgedienten Elektrogeräten. Kleinkinder spielen in Pfützen, kicken Getränkedosen.

Vor Rosie liegt ein Prospekt vom Gartencenter auf dem Fensterbrett. Sie liest:

„Wildrose im Dornröschenschlaf,
Teerose gelb und groß, mit Eis und Schnee bedeckt, blüht bis Weihnachten,
die Kletterrose ‚Blue Girl' heißt auch ‚Kölner Karneval',

‚Konrad Adenauer' ist dunkelrot bis lila, mit betäubendem Duft,
Kleinstrauchrose ‚Summer of Love' orangegelb,
‚Freifrau Caroline' ist eine Beetrose, dunkelrosa, volle Blüte."

Gibt es eine Rosensorte, die ‚Paris' heißt?, überlegt Rosie.

Auf ihrer Klingel steht nur eine Nummer. Wer sie nach ihrem Namen fragt, bekommt zur Antwort: „Rosie." Das Jugendamt lässt sie nicht in Ruhe, denn sie weiß nicht, wer der Vater ihres Jungen ist. Deshalb muss das Jugendamt den Unterhalt zahlen, aber es hatte ja schon für sie, die Mutter, bezahlen müssen.

In Rosies Geburtsurkunde und in der Urkunde ihres Sohnes steht: „Vater unbekannt." Auch Rosies Mutter war eines Tages verschwunden, ohne ihr Kind ist sie weggegangen.

Rosie bildet sich ein, dass sie noch Erinnerungen an ihre Mutter hat. Sie war eine schöne Frau.

„Unsinn", sagte die Tante, „deine Mutter hat dich im Kinderwagen abgeliefert. Ein dreijähriges Kind hat keine Erinnerung."

An den Vater ihres Sohnes aber kann Rosie sich genau erinnern. Er hatte einen bunten Kaninchenmantel an und eine Nikolausmütze auf den blonden Locken.

„Sein Name war so falsch wie seine Herkunft und Versprechungen", sagte die Frau vom Jugendamt. Sie konnten ihn nicht ausfindig machen.

Es war Fasching mit Luftschlangen und Tanzmusik. Rosie hatte Durst auf Bier und körperliche Nähe. Seine Augen waren groß und hell wie Wasser. Er zog mit einem Rucksack bei ihr ein und blieb drei Wochen. Draußen war es kalt, die Schneeflocken tanzten vorm Fenster. Rosies Herz tanzte auch. Das Bett war warm und die Haut zwischen den Schenkeln weich. Der Weg zu Zigaretten und Würsten war kurz, nur über den Parkplatz zum Supermarkt, zwei Minuten in Pantoffeln.

Damals war Rosie sechzehn Jahre alt, putzte im Supermarkt und wohnte schon, dank der Hilfe des Jugendamtes, in dieser kleinen Wohnung in der Hochhaussiedlung. Im vierten Stock mit Blick auf den Supermarkt, in einem dieser grauen Häuser leben viele Menschen, mit grauen Gesichtern, Menschen ohne Zukunft, Gestrandete, Verwirrte, wie Rosie.

Rosie selbst liebt Farben, sie kann sogar ihre Farbe wechseln.

„Gib doch dein Kind zur Adoption frei", sagte die Frau vom Jugendamt. „Du hast es doch viel besser ohne Kind. Ich habe auch schon eine nette Familie für den Kleinen, wirklich freundliche und wohlhabende Leute."

Erinnerungen an ihre Mutter hat Rosie kaum noch. Geblieben ist von dieser Frau, die sie geboren hat, nur ein kleines Foto. Als die Grenze fiel, machte sie sich ohne Kind in den Westen auf. Sie wollte dorthin gehen, wo es volle Kühlschränke und schicke Autos gab. Später wollte sie nach Paris, hat ihr die Tante erzählt.

Jeden Tag haben sie auf Post aus Paris gewartet. Nie hat ihre Mutter geschrieben, nie angerufen. Also hatte sie ihr Kind vergessen, aber das Kind hat die Mutter nicht vergessen. Rosie wartet noch immer auf eine Karte aus Paris.

Rosie wuchs bei der Tante auf, die hatte eine Kneipe. Dort spielte sie als Kind in der Küche oder hinter der Theke. Selten spielte sie mit den Kindern draußen auf der Straße, denn die Kinder riefen sie „Bastard, Hurenkind". Manchmal saß sie stundenlang neben dem Hund in der Küche. Aber der Hund konnte sie auch nicht leiden. Wenn sie ihn streichelte, knurrte er. Dann lief sie hinaus in den Hof, dort wuchsen einige Rosenstöcke. Sie sprach mit den Blumen, und die antworteten mit ihrem Duft. Sie drückte an den seidigen Blüten- blättern, bis der Duft der Blüten betäubend stark wurde. Dann wurde Rosie ruhig, dann war auch sie eine so schöne Rose.

Der Lippenstift der Tante leuchtete so grell wie ihr Spitzen-BH im Ausschnitt, rot wie frisches Blut. Sie roch nach schwerem französischem Par- füm und starkem Kaffee. Ihre Goldzähne blitzten wie die Maria-Theresia-Thaler an ihrem Armband. Morgens prangten rote Flecke auf Rosies Wan- gen, weil die Tante sie geküsst oder geschlagen hatte. Wenn sie schimpfte, klang ihre Stimme wie das Bellen und Knurren ihres Schäferhundes. Ihre Spitzenabsätze knallten auf dem Parkett, machten Löcher in den Läufer, ein Perserteppich-Imitat. Dann hieß es, Rosie oder der Hund hätten die Lö- cher gemacht.

Die Tante zupfte an den Blättern der Palme, die im Flur den Weg zu ihrem Schlafzimmer versperr- te, und rief: „Wann bekomme ich endlich das ver- sprochene Parfüm aus Paris? Meinen Geburtstag hat deine Mutter schon wieder vergessen." Dann kippte sie das volle Schnapsglas hinunter und zündete sich die nächste Zigarette an.

Rosie musste jeden Tag die kleinen Kristallgläschen in der Kneipe polieren. Jedes Jahr bekam sie einen neuen Onkel vorgestellt. Darunter waren auch Männer, die Rosie unter den Rock griffen, widerliche Typen, die nach Schnaps und Bier stanken.

Als die Tante wieder einmal einen neuen Mann gefunden hatte, einen Lastwagenfahrer, wurde die Kneipe verkauft, und Rosie musste sich eine Wohnung suchen. Damals hatte sie gerade den Hauptschulabschluss, aber keine Lehrstelle.

Auf den Fensterbänken von Rosies kleiner Wohnung stehen Rosenstöcke in allen Farben. Auch auf dem Flur vor ihrer Wohnung stehen Blumentöpfe mit hohen Sträuchern. Es sind weggeworfene Pflanzen aus den Müllcontainern des Supermarkts. Rosie hat sie aufgepäppelt und zu großen, blühenden Büschen heranwachsen lassen.

Die Nachbarn freuen sich, der Flur ist ein Garten.

Immer wieder muss sie die Pflanzen umtopfen, denn sie wachsen unter ihrer Pflege wie verrückt. Weil Blumentöpfe schwer und teuer sind, genügen ihr weggeworfene Kanister und Eimer zum Umtopfen. Sie düngt alle Pflanzen mit Hühnerdreck, den sie auf einem nahegelegenen Bauernhof einsammelt. Von der Nachbarin bekommt sie Hormontabletten, deren Verfallsdatum schon abgelaufen ist. Die Hormone machen aus einer kleinen Pflanze einen Busch. Die Tabletten stammen aus einer Apotheke, bei der die Nachbarin putzt.

Je nach Jahreszeit oder Stimmung wechselt Rosie ihre Farbe und ihren Duft. Das geht ganz einfach, denn es geschieht in ihrem Kopf. Mal ist sie gelb, mal orange wie Teerosen, mal ist sie rosa mit weißen Flecken, eben ein Heideröschen, die duften anders. Am liebsten ist sie dunkelrot mit einem schweren Duft nach Sommergewitter, mit langen Dornen, an denen sich die Männer blutige Wunden holen. Wenn sie daran denkt, muss sie lachen. Wann ist es wieder soweit, wann muss sie etwas Verrücktes tun?

Angst vorm Verwelken, vorm Verblühen hat sie immer öfter. In ihrer Putzkolonne gibt es jährlich neue Kolleginnen, alle deutlich jünger als sie. Nur die Chefin ist älter. Die sieht aus wie eine vertrocknete Nelke, braun und schimmlig, sie riecht nach Friedhof, nach verfaultem Laub.

Rosie reibt sich nach dem Duschen mit Rosenwasser ein. Vor dem Schlafzimmerspiegel stehen dutzende kleine Parfümflakons und Nagellackfläschchen. Sie nimmt einen neuen Lippenstift, ein anderes Kleid und ein neues Haarband. Heute ist sie altrosa.

Rosie steht am Fenster und blickt durch ihre Rosenstöcke auf den Parkplatz des Supermarkts. Ihr Söhnchen sitzt in seinem Gitterbett und spielt mit einem Auto. Er ist ein stilles Kind, so wie sie ein stilles Kind war.

Um vier Uhr morgens und um zehn Uhr abends kommen Laster. Sie bringen die Lebensmittel oder sammeln die alten Kisten und Abfälle ein.

Abends, wenn der Reinigungsdienst kommt, bindet sich Rosie ein Tuch um den Bauch, zieht einen blauen Kittel und ein Kopftuch an. Sie nimmt ihr Kind aus dem Bett und klingelt bei der Nachbarin, hinter der Tür hört man den Hund bellen und winseln.

Sie setzt ihren zweijährigen Sohn auf das Sofa der Nachbarin, neben den Hund. Ein großer Fernseher flackert gegenüber an der Wand. Auf dem Sofatisch liegen Schalen mit Chips und Süßigkeiten, volle und leere Bierflaschen.

Jan, der zu Hause schon zwei Stunden in seinem Gitterbettchen geschlafen hat, ist wieder hellwach. Der Hund bellt, der Junge lacht.

‚Rosie hätte das Kind besser wegmachen lassen. Wenigstens heult der Kleine nicht mehr den ganzen Abend', denkt die Nachbarin.

Wie singt der Typ vom Dach immer: *„Wenn selbst ein Kind nicht mehr lacht wie ein Kind …"*

Rosie muss sich beeilen, damit sie pünktlich mit den anderen Arbeiterinnen der Reinigungsfirma in den Supermarkt kommt. Drüben steht der Vorarbeiter, er nickt ihr zu.

Wie jeden Abend geht sie zu den Toilettenräumen. Die Putzmittel riechen angenehm frisch, sie überdecken den Gestank. Im Spülkasten der dritten Kabine findet sie, wie an jedem Abend, den Beutel. Sie setzt sich auf den Toilettensitz und leert den Inhalt auf ihren Schoß, entfernt alle Aufkleber und Sicherungsetiketten von den Parfümflaschen. Manchmal braucht sie dazu ein Taschenmesser. Dann steckt sie alles zurück in den Beutel und diesen in die Tasche ihrer Bauchbinde. Jetzt ist sie schwanger von unnützen Sachen.

Beim Rausgehen werden alle Reinigungskräfte durchsucht. Die Vorarbeiterin greift den Frauen in die Kitteltaschen. Der Vorarbeiter macht das

Gleiche bei den Männern. Alle müssen durch die Überwachungsschranke gehen. Wenn ein Signalton erklingt, dann muss man sich im Nebenraum ausziehen. Rosie ist das noch nie passiert.

Zu Hause legt sie den Beutel in eine kleine Truhe, zieht ihren Kittel aus und geht den Jungen holen.

Wenn die Truhe wieder voll ist mit Parfümflaschen, weiß sie, er kommt am Samstag.

Einmal im Monat kommt der Vorarbeiter zu ihr, dann gibt sie Jan bei der Nachbarin ab. Dann muss sie sich langsam ausziehen, das will er so. Dann muss sie sich nackt aufs Bett legen, das will er so. Dann macht sie die Augen zu. Sie spart für einen eigenen Fernseher.

Sie riecht seinen Schweiß, spürt seine Stöße in ihrem Bauch. Sie ist ja nicht mehr so blöd wie vor drei Jahren und wie die anderen glauben. Seitdem nimmt sie die Pille.

Was ein Orgasmus ist, weiß sie nicht. Der Mann, von dem ihr Sohn ist, hat sie danach gefragt. Aber dieser Vorarbeiter ist ein grober Klotz, er fragt nie. Und wen soll sie fragen, ob es etwas Schönes ist, dieser Orgasmus. Sie zählt die Minuten, bis er kommt, dann schreit er immer kurz auf. Ist das ein Orgasmus, das Schreien und Zucken?

Was versteht eine Frau wie sie von den Männern, vom Sex? Sie kennt nur die Blicke auf ihren Busen, seine groben Hände an ihrem Hintern, kennt seinen stinkenden Atem, den klebrigen
Schleim zwischen den Beinen. Der Typ, von dem
der Junge ist, war anders. Er war nicht so grob,
wollte auch kuscheln, hat sie gestreichelt, ihre
Haare, ihren Busen. Aber der ist weggegangen
und nicht wiedergekommen, wie ihre Mutter.

Der Vorarbeiter packt eilig die Parfümflakons
in die Tasche und legt Rosie einen Fünfziger in die
Hand.

Ina

„Ich bin völlig fertig, mir raucht der Schädel", ruft Ina und steigt vom Fahrrad.

Mani bleibt vor ihrem Hausaufgang stehen: „Das ist aber Zufall, dich mal wieder zu treffen, ausgerechnet in unserer Gammelgegend. Bist du wieder auf dem Weg zum Atelier deiner Mutter?"

Ina lacht laut und gibt Mani einen Kuss. „Ja, genau. Ich muss Mamas Kamera benutzen. Ich schreibe an meiner Biofacharbeit über Libellen. Du weißt doch, dass ich fürs Abi noch gute Noten sammeln muss."

„Ich könnte dir Fliegen anbieten", meint Mani, „als Objekte für deine Forschung, meine Wohnung ist voll davon. Komm doch wenigstens noch kurz mit nach oben, auf einen Tee vielleicht?"

Ina nickt und schiebt ihr Fahrrad in den Flur, schließt es am Treppengeländer an. Sie weiß, dass das nicht erlaubt ist, aber wenn es draußen steht, dann ist nachher vielleicht davon nicht mehr viel übrig, dann wird es bestimmt zerlegt, wie damals das Fahrrad von ihrer Mutter. Der Fahrstuhl ist schon wieder defekt, sie müssen die Treppe nehmen.

Von dem kleinen Flur des Apartments führt eine Tür direkt in das Wohn-Esszimmer, von dort führt ein Durchgang in die winzige Küche. Ina war erst einmal in Manis Wohnung. Wenige Möbel, sicher aus einem Billigkatalog und vom Sperrmüll, überlegt sie und lässt sich in ein niedriges rotes Plüschsofa fallen. Alles knarrt, auch der Boden. Der Teppichboden scheint jedoch neu zu sein, auch die Wandfarbe. Neben schlecht gerahmten Drucken und verblassten Fotografien, hängen zwei farbige Ölgemälde an der Wand. Ina betrachtet sie kritisch.

„Sind die von dir?", fragt sie.

Mani schüttelt den Kopf: „Alles vom Sperrmüll. Nicht von hier, sondern aus eurer Wohngegend. „Du glaubst nicht, was man bei euch in der Gegend für tolle Sachen auf der Straße findet. Ich habe sogar schon mal etwas davon auf dem Flohmarkt verkauft."

Ina vertreibt mit der Hand einen dicken Brummer.

Die zwei Ölbilder schauen Ina an, wie riesige Augen, sie schauen von den weißen Rauhfaserwänden auf sie herab, ziehen sie magisch in ihren Bann. Sie steht auf, um sie von Nahem zu betrachten.

Das grüne, ungerahmte Bild über dem Heizungskörper erinnert sie an die letzten Ferien. Graugrün kommt in Wellen das Wasser angelaufen, einige Algen werden angeschwemmt, Möwen schreien, Kinder lachen, der Wind pfeift ihr durchs Haar, bringt den Geruch von brackigem Wasser mit. Sie zieht die Sandalen aus, geht ins Wasser, es ist warm, sie sinkt bis zu den Waden in den Schlick .

Mani reisst sie aus ihren Gedanken: „Willst du grünen oder schwarzen Tee?"

Frauen in ihren bunten Bikinis haben Gänsehaut, sie spiegeln sich im auflaufenden anrollenden Wasser, wie der blaue Himmel und die Wolken.

„Entschuldige, aber ich war in Gedanken. Das Bild vom Wattenmeer ist wirklich gut, steht der Name des Malers auf der Rückseite?"

Mani stellt die Teebecher auf den Sofatisch und nimmt das Bild von der Wand.

„Da stehen nur die Initialen, M. K., in der rechten Ecke."

Sie nimmt auch das zweite Bild, auf dem Fische abgebildet sind, von der Wand.

„Die gleichen Initialen." Vielleicht bekommst du ja über deine Mutter heraus, ob in eurer Gegend ein Maler mit dem Namen M. K. gelebt hat oder noch lebt."

Ina nickt.: „Das ist ein merkwürdiges Bild, ein magisches Bild."

Mani lacht laut : „Klar, deshalb hängt es auch hier."

Der Sänger

Endlich hat er es geschafft, auf das Flachdach von Haus 4 zu gelangen. Die Leiter steht nicht immer da, wo sie hingehört. Die Bewohner kapieren einfach nicht, dass man die Leiter nicht von der Dachluke entfernen darf. Wenn ein Feuer ausbricht, ist eine Rettung übers Dach dann nicht möglich. Die Leiter gehört dorthin, und er gehört heute aufs Dach, es treibt ihn etwas oder jemand dorthin.

Keiner bemerkt ihn, als er hochklettert. Sein Bein hat sich diesmal nicht verhakt. Diese Leitern sind eine Falle für einen wie ihn, für einen Menschen mit einer Beinprothese.

Immer wenn er die Leute von oben betrachtet, kommen ihm einige vertraut vor, woran liegt das? Da unten sind viele, die ihm völlig fremd sind. Menschen, die ohne hochzublicken davoneilen.

Da unten sind auch Leute, die ihn bereits kennen. Ist da nicht diese Anna, die ehemalige Tänzerin? Sie hinkt auch. Sie arbeitet in der Cafébar an der Ecke. Warum hat er ihr neulich beim Espresso nicht seine ganze beschissene Leidensgeschichte erzählt? Aber einiges weiß sie nun doch. Sie hat ihn so nett angesehen. Aber warum die alten Sachen auftischen? Nicht einmal seiner Ärztin hat er alles berichtet.

Sein Blick ist auf den Eingang des Supermarkts gerichtet. Das hier ist ein toller Platz, da sehen ihn die Leute gut. Seine Stimme ist nach dem Infekt endlich wieder besser. Das Lied ist neu, eigentlich hätte er es erst einüben müssen. Der Text ist von ihm, er kennt ihn auswendig. Alles, was er sich ausdenkt, ist fest in seinem Gehirn gespeichert. Das Lied von Nino de Angelo, das er sonst immer singt, kennen die Leute, da bleiben sie stehen und schauen zu ihm hoch. Mal sehen, was sie von seinem eigenen Lied halten.

„Auf Traumstufen wandern wir, ohne Halt.
Wir sind allein, sehen weit, sehen unsere
Sterblichkeit,
aber darüber hinaus
sehen wir nicht."

Das war zu leise gesungen, niemand hält an, niemand schaut zu ihm hoch. Autos und Menschen kommen und gehen, Radfahrer rasen vorbei, Kinder schreien. Also versucht er es noch einmal, aber lauter:

„Traumstufenwandler sind wir, allein, ohne
Halt."

Da unten hält jemand an. Er steigt vom Fahrrad und zeigt zu ihm nach oben. Also lauter weiter:

„Wir sehen unsere Endlichkeit.
Aber darüber hinaus
sehen wir nicht,
sehen wir nicht.“

Erst wollte er singen „sehen wir nichts“, aber das ist falsch, denkt er. Wir sehen schon etwas, aber wir wollen es nicht sehen. Kann man das noch anders ausdrücken, verständlicher?

Er fängt noch einmal von vorne an:

„Hinter dem, was wir nicht sehen wollen, ist Es.“

Jemand ruft: „Komm runter, flieg doch endlich, du Irrer!“

Er kann nicht erkennen, wer gerufen hat. Es sind schon zu viele dort auf dem Parkplatz, die nach oben schauen und winken.

„Traumstufenwandler bist auch du,
auch du wirst es schaffen, dich wieder zu treffen
mit, ja mit ... ja, dich meine ich!
Der Wiesenschaum ist weiß und grün
und schreit ...“

Er schwitzt, sein Bein drückt. Das Bein ist nicht mehr da und trotzdem ist es da, es schmerzt bis in die Zehen.

Die Bilder, die Schmerzen sind wieder da:
Es leuchtet der Wiesenschaum
Insekten summen
Riss im Blickfeld und Trommelfell
greller Schrei
fliege und kippe, liege
der Rucksack drückt
Lichtflecken wandern
Farben verschwinden
Hämmern in der Brust
keine Luft
Blutgeschmack im Mund
Haare im Gesicht
Geschmack nach Rost
friere, kühler Wind
feuchte Erde, Durst
Familienbilder fliegen vorbei
Zähne knirschen
anklammern, festhalten
röcheln, husten
dann Lichter hinter geschlossenen Lidern
ein warmes Gefühl

Alles ist anstrengend, auch dieses Singen, dieser
Ruf über den Parkplatz. Vielleicht hat einer verstanden, was er sagen will, worum es im Leben

geht, worum es gehen sollte. Regt sich da unten was? Ja, da bewegt sich jemand. Die Rosenfrau winkt, neben ihr der Knirps, ihr Söhnchen, winkt auch.

Bevor die da unten die Polizei rufen, will er lieber abhauen.

Das Bein war nicht zu retten. Die Kollegen wollten sein zerfetztes Bein nicht sehen. Wegsehen ist auch nicht leicht, sie schauten über seinen Kopf hinweg, so als würde hinter ihm das Unheil lauern und sie selbst treffen. Hinter ihm lag die Hölle, eingebettet in eine blühende Wiese.

Die Blumenkübel, die er für den Holländer auf dem Flohmarkt schleppt, erinnern an diese trügerische Pracht, an einen friedlichen Garten Eden. Aber überall lauert das Unglück, in das man hineintritt wie in eine kranke Familie, wie in einen verbrecherischen Krieg, eben wie in eine Falle.

„Du siehst das falsch", meinte der Holländer neulich. „Ohne das kaputte Bein wärst du weiter im Krieg geblieben, wärst du vielleicht erschossen worden. Du bist aber nur verletzt, hast eine gute Prothese, einen neuen Job, sei froh. Sing doch mal etwas Schönes!"

Mani

Oben singt wieder der Verrückte, heute ist er aber früh dran. *„Traumstufenwandler sind wir …"*

Von wem ist dieses Lied eigentlich? Mani hat den Sänger einmal gesehen, als er vor ihr die Treppe von Haus 4 hinunterhinkte. Er hatte einen schwarzen und einen gelben Schuh an. Sein Jogginganzug war antik, seine Haare lang und fettig. Sie konnte sein Gesicht nicht sehen, sein Alter nicht schätzen.

Von ihrem Fenster im zweiten Stock kann Mani auf die Bushaltestelle schauen. Die Wartenden blicken zu dem Sänger hoch. Wieder ist sie spät dran. Ihr Mund ist schief, sie sucht den Korrekturstift. Die Schminkkommode ist ein Erbstück der Großmutter. Im dreiteiligen Spiegel kann sie sich von allen Seiten betrachten. Wenn sie sich genau in die Mitte stellt, dann sieht sie dreifach ein gespaltenes Ich. Am Spiegelrand klebt eine tote Fliege. Ihre Wohnung ist voller Fliegen, auch Motten und Stechmücken summen durch die beiden Zimmer. Ihre Freundin Anna glaubt, dass irgendwo eine Leiche liegen muss, vielleicht eine tote Maus.

Ihr Mund ist immer noch schief, zum Glück passt die Farbe zum Schal. Mani springt die Treppe hinunter, erreicht gerade noch den Bus und setzt sich auf die letzte Bank. Anna hat ihr eine App empfohlen: „Du brauchst doch ständig neue Entschuldigungen für dein Zuspätkommen, schau mal, was die App dir vorschlägt."

Das Herunterladen dauert ja ewig. Endlich ist sie drin. „Such dir deine ganz persönliche Erkrankung aus, bist du m, w oder trans, wie alt bist du? Du brauchst die Erkrankung für (bitte anklicken): deine Eltern, Freunde, deine Lehrer, deinen Arbeitgeber, einen Verein, die Behörde?"

Mein Gott, so viele Fragen. Mani klickt bei Behörde und Lehrer. Es erscheint eine neue Maske. Ein nackter Frauenkörper in Vorder- und Rückenansicht dreht sich auf dem Display: „Wähle den Körperteil, an dem du eine Erkrankung haben willst."

Mani lacht laut auf. Ihr Sitznachbar ist ein junger Bursche, sicher auch Student. Er muss ihr über die Schulter gesehen haben, er lacht auch.

„Klick mal hier am Arsch", sagt er.

Mani merkt, dass der Bus sich ihrer Haltestelle nähert, sie wirft ihr Handy in den Rucksack und eilt zur Tür.

„Leck mich", grummelt sie.

Mit zehn Minuten Verspätung betritt sie den Seminarraum. Der Kursleiter ist ein gut aussehender Dozent, er blickt grimmig in ihre Richtung, anschließend auf die Uhr. „Guten Morgen, Frau S.! Schön, dass sie es noch geschafft haben. Unser Kurs ist ja nicht so wichtig wie die anderen Seminare, da kommt es auf zehn Minuten nicht so an, oder? Sie wollten uns doch heute Ihren Beitrag zu Kafkas Geschichte ‚Die Verwandlung' vortragen, dann mal los."

Mani schießt das Blut in den Kopf. Ihre Arbeit ist noch lange nicht fertig. Wenn sie jetzt nicht aufpasst, dann wird sie diesen gut aussehenden Dozenten für immer verärgern.

Sie greift zu ihrem Laptop, räuspert sich und öffnet den Ordner „Creative Writing". Einige ungeordnete Sätze springen ihr ins Blickfeld.

„Zunächst muss ich mein Zuspätkommen entschuldigen. Ich leide an einer chronischen Erkrankung, daher konnte ich auch meinen Beitrag nicht ganz abschließen. Kann ich den Vortrag auf nächste Woche verschieben?"

Der Kursleiter schüttelt den Kopf: „Nein, Frau S., nächste Woche haben wir einen Gastvortrag, das war lange abgesprochen, daher lesen Sie uns eben nur das vor, was Sie schon haben."

Mani schluckt. Aus den wenigen Stichwörtern, die sie schon im Laptop hat, versucht sie Sätze zu formulieren. In ihrem Kopf spuken noch die App, die tote Fliege am Spiegel und der Sänger vom Dach herum.

„K. war jeden Tag pünktlich an seinem Arbeitsplatz. Warum nicht an diesem Morgen? In der Nacht hatte er einen Traum, aus dem er nicht mehr aufwachen konnte. Er war in diesem Alb gefangen wie in einem Netz. Statt wie immer um sechs Uhr aufzustehen, sich zu rasieren, zu waschen und auf der Treppe vor dem einzigen Klo im Haus zu warten, klebte er am Spiegel, wie eine zerquetschte Fliege. Er streckte seine zerbrochenen Flügel, seine geknickten Beine, schüttelte seinen verdrehten Leib und versuchte seine Gedanken zu ordnen. Wer war er? War er wirklich dieses Insekt, das nicht mehr fliegen konnte, oder war er noch immer dieser kleine Angestellte, der nur träumte? Er hatte gestern entschieden, sich eine Krankheit auszudenken. Seine Beine waren schon lange ohne Kraft. Er hinkte, wollte eine Auszeit von seiner Familie und dem Arbeitgeber. Alle nutzten ihn aus.

Sein Kopf war voller Geschichten, die wollten seinen Schädel zum Bersten bringen. Wünsche kreisten wie brummende Fliegen um einen toten Körper. Er vergaß für einen Augenblick, dass er ja jetzt auch eine Fliege war. Da kam sein Vater in sein Zimmer und schlug zu. Er schlug die Gedanken seines Sohnes an den Spiegel. Sein bisheriges Leben war Fliegendreck, den die Putzfrau – ich meine das Stubenmädchen – wegfegte, wie man eine lästige Erinnerung wegwischt."

Mani macht eine Pause, ein paar Studenten lachen, der Kursleiter schmunzelt.

„Als er sich im Spiegel als Kadaver einer Fliege sah, wusste er, dass alles, was er bisher gemacht hatte, ohne Sinn war. Er wollte hinauf, auch ohne Flügel, wollte die kantigen Stufen der Träume erklimmen, wo der Garten Eden wartet. – Ende für heute."

Es wird still im Seminarraum, dann hört Mani erst ein paar klatschende Hände, danach applaudieren alle.

Der Dozent nickt und sagt laut: „Wir warten dann auf die Fortsetzung und auf den schriftlichen Teil Ihres Beitrags."

Mani sinkt in den Stuhl, ihr Atem geht schwer, doch ihre Gedanken kreisen, drehen sich um diesen Frauenkörper auf der App. In Gedanken klickt sie auf den Unterleib. Bauchweh, ich bekomme bestimmt die Periode, denkt sie und lächelt den schönen Kursleiter an.

Auf dem Heimweg kommt Mani an der Cafébar vorbei, in der ihre Freundin Anna arbeitet.

„Hallo Anna", ruft sie ihr beim Eintreten zu, „deine empfohlene App ist witzig, aber taugt nichts. Bring mir mal einen Milchkaffee und erzähl mir die Geschichte von unserem verrückten Sänger, du weißt schon, von dem auf dem Dach, der mit dem gelben Schuh. Du kennst ihn doch näher?"

Anna lässt sich auf den Nachbarstuhl fallen. „Nein, nicht wirklich, er hat mir nur einmal erzählt, dass er ehemaliger Soldat ist, ein Sanitäter, er war im Jugoslawienkrieg. Dort hat eine Tretmine sein rechtes Bein, seine Trommelfelle und sein Leben zerfetzt. Nur die Stimme ist ihm noch geblieben. Er hat übrigens keinen gelben Schuh, er hat eine hellgelbe Beinprothese."

Rosie

An jedem ersten Sonntag im Monat gibt es einen Flohmarkt auf dem Parkplatz, gleich vor ihrem Fenster. Sie hat beobachtet, wie die Leute, die etwas verkaufen wollen, es machen. Sie legen eine Decke auf einen Platz neben die anderen Verkäufer. Manche haben einen Klapptisch und einen Stuhl dabei, und fertig ist der Verkaufsstand. Irgendwann kommt einer der Veranstalter mit einem Zollstock und rechnet ab.

Das kann ich auch, denkt sie und nimmt die Decke aus dem Kinderbett, klemmt Jan unter den Arm und ergreift eine dicke Reisetasche, die schwer wie Blei in der Hand liegt.

Unten auf dem Platz sind schon viele Verkäufer. Neben einem Stand mit einer merkwürdigen Mischung von Krimskrams, neben Heiligenfiguren, Puppen und Blumentöpfen legt sie ihre Decke auf den Boden, setzt ihren Sohn darauf und drückt ihm ein Polizeiauto in die Hand. Sie hat einige Parfümflaschen mitgenommen, stellt sie nebeneinander, sie leuchten in der grellen Sonne.

Was soll sie verlangen? Sie hat vergessen, was sie kosten. Es gibt Düfte, die kosten einhundert, und andere nur fünfzehn Euro. Sie kann zählen, das kann sie gut. Es sind fünfzehn Parfümflaschen, wenn sie für jede zehn Euro bekommt, dann kann sie sich zusammen mit dem gesparten Geld einen gebrauchten Fernseher kaufen.

Ein Mann schleicht um ihre Decke und lächelt: „Wo haben Sie die Sachen her?"

„Geklaut", sagt sie.

Er lacht und nimmt eine Flasche in die Hand. „Was kostet die?"

„Zwanzig."

„Und die?" Er hält die nächste hoch.

„Auch zwanzig."

„Und was kosten alle?"

„Zähl selber nach", antwortet sie.

„Ich gebe dir einhundert für alle, oder ich rufe die Polizei."

Sie hält die Hand auf und reicht dem Mann die Tasche zum Einpacken.

Ein Fernseher ist ein Blick in die Welt, ein Blick in die Welt der anderen, der Reichen. Dieser Blick ist umsonst, macht Hoffnung, vertreibt das Warten, die Einsamkeit.

Ein anderer Mann mit einer Kamera in der Hand steht plötzlich hinter ihr. Sie ruft nach ihrem

Sohn. Der sitzt auf der Decke des Nachbarstandes und spielt.

„Meine Kamera kann in den Augen lesen", sagt der Typ hinter ihr und filmt ihr Gesicht. „Die Gedanken spiegeln sich in der Iris. Je einfacher die Intelligenz der Menschen, umso leichter kann mein Algorithmus ihr Verhalten vorhersagen. Ich muss nur ihre Augen aus der Nähe aufnehmen. Dann kann ich ihnen sagen, was sie denken."

„Andere lesen die Zukunft aus der Hand", antwortet sie.

„Ja", sagt er, „aber ich sage Ihnen, was Sie gerade gedacht haben, nicht wie lange Sie leben werden."

Sie schaut zu Boden. Niemand soll wissen, was sie wirklich denkt.

„Ich will in Ruhe gelassen werden", ruft sie, klemmt ihren Sohn unter den Arm und läuft über den Platz zum Blumenstand des Holländers. Er kommt zu jedem Flohmarkt. Immer wenn er Rosie sieht, greift er hinter den Vorhang seines Anhängers und holt ein, zwei abgeblühte Rosenstöcke hervor, traurige ausgetrocknete Pflanzen.

„Die rufen nach einer grünen Hand", sagt er. Sie nickt und steckt sie in eine Plastiktüte.

Alkim

Deutsch lernen, danke, bitte, Mahlzeit, Feierabend.
Grubengas, Schlagwetter, Förderturm,
Sohle, Seilfahrt, Keilhaue, Kohlenhobel, Abbauhammer.
Glück auf, Glück auf, der Steiger kommt ...

Schweinefleisch, Schinkenspeck, alles Dreck.
Unser Sohn ist weg.
Kommst du noch vor meiner Beerdigung zurück?
Oğul gitti, oğul gitti, kayıp oğul, der verlorene Sohn.
Im Koran gibt es auch eine Maria, Jesus' Mutter.
‚Mein Herr, wie soll mir ein Sohn werden, wo mich kein Mann berührt hat?‘
Allah schafft, was ihm gefällt.
Im Koran gibt es keine heilige Barbara.
Wie sagte mein deutscher Kumpel:
‚Glaub an das, was du willst, aber sprich nicht darüber. Grüße die heilige Barbara, die uns alle in der Grube beschützt.‘
Wann kommt mein Sohn zurück, kommt er überhaupt zurück?

Allahs Vergebung ist nur für jene, die unwissend Böses tun und Reue zeigen …

… und er hat sein helles Licht bei der Nacht schon angezündt.
Glück auf, Glück auf!

Im obersten Stockwerk von Haus 2, in der Wohnung Nummer fünfundsechzig, sitzt Alkim im Rollstuhl vor dem offenen Fenster.

Der Wind pfeift ihm um den Kragen des Bademantels. Seine wenigen grauen Haare wehen in alle Richtungen. Hinter ihm flattern die Blätter der Fernsehzeitung durchs Zimmer. Der Fernseher flimmert, er ist defekt. Kaum hat die türkische Fernsehansagerin etwas angekündigt, ist sie schon wieder weg.

Er kann sie eh fast nicht mehr hören, obwohl er die Lautstärke hochgedreht hat.

Der Lärm des Presslufthammers hat ihm das Gehör zerstört, der Staub die Lunge, und vom Bücken und Schleppen sind die Kniegelenke morsch. Der Rest des Körpers ist von den Medikamenten kaputtgegangen. Immerhin bekommt er eine halbwegs gute Rente, ins Pflegeheim will er aber nicht. Soll er sich dort mit den deutschen Witwen unterhalten? Worüber denn, sein Deutsch ist schlecht. Er denkt und träumt türkisch.

Alkim raucht gerade seine zwei Zigaretten, wie jeden Spätnachmittag nach dem Tee. In den Blumenkästen vorm Fenster blühen noch die Reste der Nelken, die seine Frau vor zwei Jahren gepflanzt hat. „Pissnelken" hat er sie genannt, weil sie stinken. Die Blütenköpfe zittern wie nackte Kinder am Strand. Wie sein Sohn damals, wenn sie mit ihm in der Türkei während der Osterferien Urlaub gemacht haben. Nach dem Studium arbeitet sein Sohn inzwischen in den USA, er will dort bleiben.

Mit seiner Frau wollte Alkim zurück in die Türkei, aber dort lebt kaum noch jemand aus der Verwandtschaft.

Seine Frau ist vor zwei Jahren am Herzinfarkt gestorben. Die Ärztin meinte, sie habe zu viel geraucht und zu viel gelitten. Sie konnte die Trennung von ihrem Sohn, ihrem einzigen Kind, nicht verwinden. Sie wollte, dass er hierbleibt. Fotos von ihm hängen an der Wand und stehen auf dem Büffet im Wohnzimmer. Seine Frau saß jeden Abend davor, ganz in Tränen aufgelöst.

Kinder kommen, Kinder gehen.

Alkim schließt das Fenster und spricht zu seinem Spiegelbild: „Wetten, dass ich wieder nix runterbringe?" Er kann nicht gut schlucken, das Wasser in der Lunge drückt ihm auf Herz und Magen. Jetzt hat er schon fünfzehn Kilo weniger auf der Waage.

Außer diesen Suppen, die er von seiner Nachbarin jeden zweiten Tag bekommt, kann er nichts Warmes essen. Sein Gebiss hat er im Küchenschrank abgelegt, wozu sollte es jetzt noch gut sein.

Ausgerechnet von einer Griechin bekommt Alkim Suppe. Wenigstens kein Schweinefleisch, nur Rind- oder Hammelfleisch, manchmal auch Hühnchen.

In einer Stunde kommt seine Pflegerin In-Sook. Früher kamen ständig neue, und dann musste er ihnen immer alles erklären, und das in seinem schlechten Deutsch.

„Diesmal kommt eine junge Krankenschwester", hat es vor sechs Monaten geheißen, und seitdem ist die Koreanerin bei ihm. Sie ist zu streng, denkt er. Immer sagt sie, er rauche zu viel, esse zu wenig. Und morgen Nachmittag kommt auch wieder die Ärztin.

Vielleicht schickt sie mich ins Krankenhaus. Dort darf ich nicht rauchen, auch nicht auf dem

Balkon. Sie werden mich wieder punktieren, um das Wasser ablaufen zu lassen. Es läuft sowieso wieder nach.

Angst hat er immer, Angst vor den Schmerzen, die noch kommen werden, und vor dem Tod.

Jetzt mit dem Rauchen aufzuhören, hat für ihn keinen Sinn mehr, hätte vielleicht vor zehn Jahren einen Sinn gehabt. Er wird sicher nicht so alt werden wie sein Opa. Immerhin ist der trotz Rauchen fünfundachtzig Jahre geworden.

Die Windräder haben die Vögel vertrieben, es kommt nur noch eine Amsel, aber keine Meise mehr in den Blumenkasten vorm Fenster. Dort hat er das Vogelfutter hineingelegt.

Was kommt denn da angeflogen, ein leuchtblauer Vogel? Aber das gibt es doch nicht. Er kreist über dem Blumenkasten. Alkim reißt das Fenster auf, hört ein brummendes Geräusch. Das Ding ist so groß wie ein Wellensittich. Oder ist es ein Scherzartikel von den Nachbarskindern, eine Bastelei? Das Ding hat Augen, einen Mund, keinen Schnabel, aber Flügel. Jetzt treibt der Wind es zu ihm herein. Alkim schließt schnell das Fenster.

„So, jetzt habe ich dich, sollen die Kinder doch erstmal betteln kommen. So schnell geb ich dich nicht mehr her!"

Es landet auf dem Teppich und zuckt mit den Flügeln. Sie sind durchsichtig, schimmern in allen Farben, wie Perlmutt, wie bei einer Libelle.

„Schön bist du."

Er legt das noch brummende Ding auf sein Bett. Es hört auf zu vibrieren, es schließt die Augen. Auch Alkim schließt die Augen.

Es ist wieder Sommer. Er sieht das rote Gesicht der Tante unter dem Kopftuch hervorleuchten. Er hört ihr Lachen und das Meckern der Ziege. Die Tante tanzt mit der Ziege um das Badefass. Es ist aus Zinn, steht zwischen den Wäscheleinen. Auf einer kleinen Anhöhe liegt das alte Backsteinhaus mit den angebauten Ställen und dem Plumpsklo. Die Kirschbaumzweige biegen sich zur Erde, die Früchte glänzen in allen Rottönen. Die Hühner picken im Gras. Das Euter der Ziege ist so schwer wie die Brüste der Tante, sie hüpfen beim Laufen auf und ab. Ziegenmilch steht auf dem Tisch, die Kinder riechen daran, schütteln den Kopf, die Tante rührt Zucker in den Milchbecher, ihre Zähne leuchten weiß.

Die Kinder haben rote Zungen und Lippen vom Kirschsaft. Es kommen Männer in dunklen Anzügen und Frauen mit Kaffeekannen, Kuchen und Blumen, das Tischtuch flattert im Wind. Die Tante setzt sich ans Kopfende, Tassen werden gefüllt und geleert, die Bienen setzen sich auf die Zuckerdosen, die Fliegen bedecken die Milchkännchen.

„Sie haben ihn auf- und wieder zugemacht", sagt die Tante, „es war nichts mehr zu machen, hat der Arzt gesagt."

„Nichts mehr zu machen", sagen alle im Chor.

„Er hatte nur noch Schmerzen, war unerträglich", sagt die Tante, „sie haben ihn auf- und wieder zugemacht, wenige Tage später war er tot, besser so."

Über Alkims Sofa hängt der Gebetsteppich, den die Tante für seinen Vater geknüpft hatte.

Alkims Sohn wollte das alte Ding nicht.

All die Gebete, die vielen Kniefälle haben die Blumen, Vögel und Granatäpfel zerfranst und verblassen lassen. Auch wenn das Paradies dieses Gartens verschwunden ist, kann Alkim jeden der Vögel noch sehen, erkennt er noch das Rotgold, das Azurblau der Wolle. Dann singt die Tante aus den Fransen.

„Du spinnst ja", hat seine Frau zu ihm gesagt. „Schmeiß das alte Ding weg, Fransen singen nicht, du spinnst."

Vor vierzig Jahren, nach einer endlos langen Zugfahrt, ist er in Deutschland angekommen und gleich zur Grube gelaufen. Nach langer Arbeitslosigkeit war sie jetzt seine neue Arbeitsstelle. Er hatte den Teppich unterm Arm. Als er vor seiner ersten Fahrt in die Grube beten wollte, haben die Kollegen seinen Teppich auf den Kohlenhaufen geworfen.

„Wir beten zur heiligen Barbara, da brauchen wir keinen Teppich!", riefen sie und lachten.

Er hat sie nicht verstanden, kannte diese Sprache nicht. Später hat ihm ein Landsmann alles erklärt: „Wenn du hier leben willst, wenn du Geld verdienen willst, dann musst du ihre Götter anerkennen, auch die weiblichen Götter. Du kannst aber zu Allah beten, ich zeige dir wo."

Dann hat der Kollege ihm eine umgebaute Garage gezeigt, ihre Moschee. Heute gibt es diesen riesigen neuen Bau. Sein Sohn war nie dort, er sagt: „Ich habe keinen Glauben." Das ist das Traurigste überhaupt, so ohne Hoffnung auf ein Paradies zu sterben. Soll denn nichts mehr kommen, kein Garten mit Vögeln und Granatäpfeln wie auf dem Gebetsteppich der Tante?

Später war Alkim sogar ein paarmal in der katholischen Kirche und bei den Umzügen der Kumpel zu Ehren dieser heiligen Barbara. Danach ging es immer zum Feiern in den Festsaal. Sie trugen die große Holzfigur, schleppten sie durch die Straßen. Eine Jungfrau, die vom eigenen Vater geköpft worden war, weil sie ihm nicht gehorchte.

„So ein Mädchen soll uns in der Grube beschützen können?", hat er damals gedacht.

Diese Barbara-Umzüge waren dann aber doch immer schöne Feste. Alle hatten ihre schicken Anzüge an. Später schenkte ihm ein Kollege die alte Uniform seines Großvaters. Er hatte sie umändern lassen und neue Goldknöpfe dafür gekauft. „Jeder Knopf steht für ein Lebensjahr der Heiligen", hat der Kumpel ihm erklärt:

„Sei stolz auf die heilige Barbara, sie stammt aus deiner Heimat, aus der Nähe von Istanbul. Letztlich ist es doch egal, zu wem man betet." Er klopfte ihm auf die Schulter. „Beten hilft dir, das Dunkel im Stollen, den Ruß und die Hitze besser zu ertragen."

Den Hut zur Uniform hat Alkim selbst kaufen müssen, so einen Hut trägt man mit Stolz, er macht jeden Mann größer, schöner.

Drüben ist die Kastanienallee, vorne ist der Supermarkt.

Die Erde soll ein Ball sein, soll sich drehen, warum stehen wir nicht einmal Kopf? Immer bete ich Richtung Kastanienallee, dort geht die Sonne auf, dort im Osten liegt auch die Türkei, dort will ich begraben werden, überlegt er.

Alkim raucht. Die Erinnerungen an seine Heimat und seine Eltern kommen immer öfter. Das ist normal bei alten Leuten, hat er gehört.

Im Sommer war der Fluss ein Rinnsal, im Winter ein gefährlicher Strom. In verregneten Wintern wurde er zu einem Ungeheuer. Vielleicht empfindet man als Kind alles Große als Ungeheuer. Sein Opa saß fast jeden Abend nach der Arbeit am Ufer und angelte. Alkim durfte beim Ausnehmen der Fische helfen. „Du bist jetzt alt genug, um mit einem Messer umgehen zu lernen."

Am Himmel ziehen Federwolken, Möwen stürzen sich in den Fluss, Fische springen. Die Katze leckt ihm die Hand, mit der er gerade den Fisch ausgenommen hat. Ein Schauer zieht über seinen

Rücken. Er will sie anfassen, aber sie schlüpft ihm davon, springt dem Schatten einer Libelle nach, er schabt die silbernen Schuppen vom Fischbauch. Jetzt leckt die Katze die Eingeweide vom Boden, dann seine Zehen, es kitzelt angenehm.

„Opa, können Tiere reden?"

Er streichelt das Fell der Katze, das warme Fell an seinen Füßen, ihre Haare, die schönen Haare, so glänzend braun wie ihr Schnurren, ihre raue Zunge.

Im Wind hört er diese leise Melodie, sie erinnert ihn an die Tante, die immer lacht und so schön singen kann.

Der Sänger

Er hat ein neues Lied geschrieben,
er weiß noch nicht, wie er es singen soll:

Oh könnte ich doch

Oh könnte ich doch
einen Engelsflug
zur Mondsichel wagen,
statt Schattentage
im Gedärm einzufangen,

Angstverkäuferin
verbrenne in meinen
Eingeweiden,

das Glück steigt
die Traumstufen
zum Seelenland hinauf
in Schattenwerfende Berge
die keiner bezwingen kann.

Das Glück läuft immer nur vor mir her,
ich kann es nicht erreichen,
was ist mein Glück?

Ein Tag ohne Schmerzen?

Alkim

Ich lag letztes Jahr schon drei Wochen im Krankenhaus, als mein Sohn endlich zu Besuch kam. Vielleicht hatten die Ärzte ihm gesagt, dass ich bald sterben werde. „Ich bin nur auf der Durchreise", sagte er, „kann ich etwas tun, vielleicht einen Pflegeplatz für dich organisieren?" Er saß vor mir mit betrübter Miene. Ich lag japsend im Bett, habe sicher ausgesehen wie die Bettwäsche, schneeweiß.

„Die Ärzte haben einiges mit mir angestellt, sie suchen noch immer nach dem Grund von meinem schrecklichen Husten."

Bei jedem zweiten Wort hustete ich mir die Lunge aus dem Leib und schnappte nach Luft. „Kein Wunder, dass deine Mutter damals aus dem Schlafzimmer in dein Kinderzimmer ausgewandert ist, ich habe schon immer gehustet." Über was sollte ich mit ihm reden? Von seiner Arbeit verstand ich nichts, Banker ist doch kein Beruf. Auch meine Kumpels sagten immer: ‚Alles Gauner, diese Banker, alles Diebe.' War mein Sohn jetzt auch so ein Dieb?

„Ich war früher Stürmer und später Torwart, als ich in deinem Alter war", erzählte ich ihm hustend. „Unser Verein war nicht schlecht. Du kannst es nachlesen, steht sicher alles in deinem Computer. Im Vereinshaus hing damals auch ein Foto von mir, wie ich im Tor stehe. Alle Mädchen waren hinter mir her. Deine Mutter war am hartnäckigsten. Wir haben dann früh und deinetwegen heiraten müssen. Ja, so war das eben auf dem Dorf. Die Leute sollten nicht sehen, dass die Braut schon schwanger ist."

Immer wieder musste ich husten, es tat mir leid, ich bekam keine Luft. Im Moment geht es besser, vor allem mit dem Sauerstoffgerät.

„Warum du dann doch lieber Radrennen gefahren bist und nicht Fußball gespielt hast, ist schon merkwürdig. Aber Sport haben wir alle gemacht, auch dein Opa war im Fußballverein. Gut, dass du nicht auf mich gehört hast und weiter zur Schule gegangen bist. Hast du eine nette Freundin, die du mal heiraten willst?"

Er nickte und blickte aus dem Fenster.

„Nein, ich will noch nicht in irgendein Heim", sagte ich. Wieder nickte er. „Ich muss gleich los, Vater, mein Flieger geht in ein paar Stunden, und die Autobahnen sind voll."

Wir standen schweigend am Fenster im Besucherzimmer und blickten auf den Parkplatz des

Krankenhauses. ‚Wie soll es werden, wenn ich wieder zu Hause in den vierten Stock muss, schaffe ich das überhaupt noch?‘, überlegte ich.

„Schon zweimal haben sie mich bronchoskopiert, jeden Tag geröntgt", erzählte ich ihm weiter. Hörte er überhaupt zu?

„Neben mir liegen zwei Kumpel aus dem Ruhrpott. Sie sind mindestens achtzig und haben beide eine Staublunge. Sie reden nur über ihre alte Zeche, die schon lange dicht ist. Wie schön es doch war mit der Kameradschaft. Ich hatte kaum Freunde. Die wenigen türkischen Kumpel sind zurück in die alte Heimat gezogen, zwei sind schon tot. Hast du Freunde in den USA?" Er antwortete nicht. War er in Gedanken schon weg?

„Morgen bekomme ich eine Sauerstoffflasche, die ich im Rucksack mit mir rumtragen kann. ‚Zum Beispiel beim Spazierengehen‘, meinte der Krankenpfleger. Das ist schon merkwürdig, im Freien mit Sauerstoff aus der Flasche herumspazieren zu müssen. Eigentlich gehe ich nie spazieren."

‚Husten werden Sie trotzdem‘, sagte der Arzt gestern. ‚Im Grunde brauchen sie eine neue Lunge.‘

Mein Sohn hörte nicht mehr zu, das merkt ein Vater. Er klopfte mir auf die Schulter und ging. Er ging und war seitdem nicht mehr bei mir. Damals überlegte ich, was ich vielleicht Falsches gesagt habe. Danach kreisten meine Gedanken nur noch um diese Aussicht auf eine neue Lunge.

Eine neue Lunge, das hört sich an wie ein neues Auto, frisch aus der Fabrik. Dabei hoffen die Kranken tatsächlich auf junge gesunde Spender. Vielleicht ist es ein Motorradfahrer, der sich um den Baum gewickelt hat.

„Für Sie kommt eine Spenderlunge gar nicht infrage", sagte meine Hausärztin später. „Sie haben zu viele andere Gebrechen und rauchen noch immer. Nicht umsonst steht auf der Zigaretten-packung: Rauchen kann tödlich sein." Gebrechen klingt wie ein Zweig, der bricht, der bröckelt, der sich in Staub auflöst.

Mein Sohn hat sich nicht angeboten, mir ein Stück Lunge zu vermachen. Aber er weiß sicher, dass es nicht geht.

Gestern erschien mir meine türkische Mutter im Traum. Sie hielt mir zwei Flügel hin. „Ein Geschenk für dich", sagte sie. „Damit kannst du mich besuchen kommen, hier oben ist die Luft reiner." Ich fragte sie, ob Vater auch oben bei ihr ist. Sie schüttelte den Kopf: „Vater ist im Wald geblieben."

Mein Vater war zweiundachtzig, als er starb. Er hatte immer geraucht, jeden Tag ein Päckchen, ohne Filter. An manchen Tagen waren es auch zwei Päckchen. Mit sechzehn hatte er mit dem Rauchen begonnen. Vater war aber auch immer draußen, er kletterte mit einem Eisen an den Schuhen auf die Bäume. Bei Wind und Wetter war er draußen, seine Haut war wie Leder, braun und faltig. An den Ohren wuchsen ihm im Alter kleine Hörnchen. „Du siehst aus wie ein geharzter Baum oder ein Gehörnter", sagte Mutter.

„Ihr Husten kommt vom Staub", sagte meine Ärztin, „es ist eine Berufskrankheit. Sie sind Opfer von verbrecherischen Unternehmern. Die haben Sie jahrelang ohne Schutzmaßnahmen in die engen Schächte geschickt. Millionen von Fasern und Staubkörnern sitzen in Ihrer Lunge und richten Schaden an. Wir können nichts dagegen tun, nur zuschauen, wie aus den Narben und Schwielen irgendwann vielleicht Krebs wird."

Die Ärztin rief bei der Berufsgenossenschaft an und half mir beim Ausfüllen des Fragebogens.

„Wir Ärzte wissen schon seit über hundert Jahren, dass Asbest Krebs auslösen kann."

Vielleicht übernimmt die Berufsgenossenschaft die Beerdigung.

Zu Hause liegt mir immer ein Stein auf der Brust, ein Zentner Kohle. Er drückt mir die Luft ab.

Mani

Die Welt ist stiller, wenn es schneit, aber nicht friedlicher. Aus dem Radio kommen Weihnachtslieder. Vom Dach ist schon lange nichts mehr zu hören. Der Sänger wird doch nicht tot sein oder abgestürzt? Ein Reporter unterbricht mit einer Meldung aus Berlin. „Der Terrorist vom Weihnachtsmarkt ist noch immer nicht gefasst."

Sie muss sich beeilen. Heute ist die halbe Stadt unterwegs, alle rennen, hupen, schimpfen. Endlich erreicht sie das Seminargebäude. In vier Wochen ist Weihnachten, das Fest der Liebe und der Geschenke.

Dieses Jahr will sie keine Geschenke kaufen. Es hat sie niemand eingeladen.

An Weihnachten hatten wir zuhause immer das gleiche Ritual. Der viel zu große Weihnachtsbaum wurde von Vater im Wohnzimmer zurechtgesägt. Oma und Mutter schimpften über den Dreck. Danach stand der Baum schief in seiner Halterung und musste mit mehreren Schnüren an der Wand befestigt werden. Kerzenwachs und Harz tropften auf den Teppich, wieder schimpften die Frauen.

Vater verkroch sich mit einer Bierflasche in die hinterste Ecke des Wohnzimmers und studierte das Fernsehprogramm.

Die Nachbarin ist verreist, sie besucht ihre Mutter in der alten Heimat Griechenland und hat mir ihre Katzen zur Versorgung dagelassen. Ob die Katzen auf mich hören, vielleicht spricht sie mit den Tieren Griechisch?

„Katzenklo macht Katze froh", summt Mani. Weihnachten mit Katzen auf dem Sofa, klingt prima.

Zögernd öffnet sie den Seminarraum, eine Viertelstunde zu spät. Der Raum ist warm und riecht angenehm nach Ölfarben. Ein kleiner grauhaariger Mann erklärt gerade etwas. Am Tisch sitzen drei Männer und eine Frau, keiner scheint unter fünfzig zu sein. „Willkommen, ich heiße Harald, jetzt sind wir vollzählig." Dieser Harald scheint nett zu sein. „Wir haben uns eben schon gegenseitig vorgestellt", sagt er, „dann geben Sie uns doch bitte auch noch Ihren Vornamen preis und was sie uns noch so über sich erzählen wollen. Ich fände es nett, wenn wir uns untereinander duzen würden. Wenn ihr wollt, dann tauschen wir auch die

Mail-Adressen aus." – „Ich heiße Mani und studiere Literatur und das Leben", antwortet sie. Alle lachen.

Vor den Heizkörpern stehen verschiedene Gemälde. Manis Blick fällt auf das größte Bild, es ist in verschiedenen Rottönen gemalt. Es sieht nicht aus wie eine Landschaft im Sonnenuntergang, auch nicht wie ein rotes Blätterdach oder ein Feuer, eher wie der Ausschnitt eines blutigen Organs. Ist es ein aufgeschnittenes Herz?

Es klopft an der Tür. Ein Jugendlicher streckt seinen Kopf durch den Türspalt. Er zeigt auf Mani und ruft: „Sind Sie die Frau Doktor?" Mani rutscht im Stuhl etwas tiefer. Was war geschehen, gab es einen Notfall?

Hinter dem Jungen tauchen weitere Kinder und Jugendliche auf. Einige zeigen mit dem Finger auf sie. Sie schiebt den Jungen in den Flur und schließt die Tür. „So nun können wir kurz reden. Wer will was von mir?", fragt sie laut. Die anderen Jungs betrachten sie mit großen Augen und kichern. „Na, es ist eben wegen der Angst, dass unser Chorleiter wieder umfallen könnte. Und das ausgerechnet während des Konzerts heute Abend, das wäre doch schrecklich. Sie haben ihm schon einmal geholfen, da dachten wir, wenn Sie bei der

Aufführung dabei sind, dann …" Der Junge bricht ab, er blickt zu Boden. „Wir wollen Sie zu unserem Konzert einladen. Auch möchten wir Ihnen für Ihre Hilfe damals danken. Es war nicht möglich, Ihren Namen zu erfahren."

Mani hatte damals an einem anderen Kurs teilgenommen. Die Schreibgruppe war gerade in dem kleinen Küchenraum beim Kaffeekochen, als einige Jungs schreiend angelaufen kamen, „Hilfe, Hilfe, er stirbt", riefen sie. Niemand im Raum machte Anstalten, den Jungs zu helfen, da lief Mani mit den Kindern in das benachbarte Gemeindezentrum. In einem großen Raum lag auf dem Boden ein älterer Mann und stöhnte. Er hatte einen hochroten Kopf und hechelte. Sie schickte die Kinder hinaus, bat sie, den Notarzt zu rufen. Da begann der Mann zu krampfen. Seine Hände waren zu Fäusten geballt, sein Puls raste, der Atem ging schnell. Mani sprach beruhigend auf ihn ein, durchsuchte die Taschen, fand keinen Erste-Hilfe-Ausweis. Da fiel ihr Blick auf den Papierkorb in der Ecke. Sie lief hin, zog die Plastiktüte heraus und hielt sie ihm vor Mund und Nase. Er atmete jetzt seine eigene Luft wieder ein, wurde ruhiger, das Zittern und die Krämpfe ließen nach. Draußen hörte sie das Martinshorn. „Alles wird gut, Sie kommen ins Krankenhaus zur Untersuchung, alles wird gut." Er konnte seine Hände wieder öffnen, ungeschickt wollte er ihr seine Hand reichen, sprechen konnte er noch nicht."

Der Junge starrt Mani an, zupft nervös an seiner Jacke. „Bitte kommen Sie doch heute Abend zum Konzert." Was habe ich heute eigentlich vor, überlegt sie. Katzen füttern und fernsehen, mehr fällt ihr nicht ein. „Ist gut", antwortet sie, „es wird irgendwie klappen, muss man die Karten jetzt schon kaufen?" Der Junge greift in seine Jackentasche und zieht zwei Konzertkarten heraus. „Danke, aber du brauchst wirklich keine Angst zu haben. Übrigens bin ich keine Ärztin, kenne mich nur aus mit Erster Hilfe. Aber in solchen Veranstaltungen sitzen immer Ärzte, sie lieben Musik." Seine Augen strahlen, er lächelt und läuft mit den anderen Jungs den Flur hinunter Richtung Gemeindesaal.

Wieder zurück im völlig überhitzten Seminarraum, öffnet sie ein Fenster und sagt: „Wir sollten den kleinen grauen Zellen etwas Sauerstoff gönnen." Der Kursleiter verteilt gerade Zettel mit einem Text, lächelt sie an. „Danke für den Sauerstoff, Frau Doktor." Alle lachen, auch Mani.

„Mein Vorschlag für heute", erklärt er, „ist ein kurzer Text, den ihr lesen und weiterschreiben sollt. Findet einen Schluss für die Geschichte. Der Text handelt von einem Ehemann und Vater, der während eines Familienurlaubs plötzlich verschwindet. Das Ferienhaus, das die Familie gemietet hat, liegt an einem See. Ich besorge uns schon mal etwas Warmes zum Trinken. Schreibt bitte den Text weiter, ich lasse euch zwanzig Minuten. Danach besprechen wir das Geschriebene", sagt er und macht sich auf den Weg in die Küche.

Mani liest den Text und überfliegt ihn dann noch einmal. Der Sohn des verschwundenen Mannes reist zwanzig Jahre später an den Ort, an dem er seinen Vater zum letzten Mal gesehen hatte. Er war damals fünf Jahre alt, seine Schwester zwölf. An jenem sonnigen Urlaubstag vor zwanzig Jahren fuhr sein Vater wie jeden Morgen zum Einkaufen ins Nachbardorf. Er kam nicht mehr zurück. Zwei Tage hatten sie auf ihn gewartet und mit den Vermietern des Ferienhäuschens die ganze Gegend abgesucht. Sie hatten in allen Geschäften des Nachbardorfs nach dem Vater, einem Mann mit einem roten Fahrrad, gefragt. Mit einem Boot fuhren sie mehrfach über den See, um die Ufer abzusuchen. Am dritten Tag ging seine Mutter zur Polizei. Weinend kam sie zurück. Eine Suchaktion sei wenig sinnvoll, sagte die Polizei, sie sollten abwarten. Immerhin telefonierten die Beamten mit den Krankenhäusern und den Arztpraxen in der Umgebung. Niemand hatte einen verletzten Radfahrer gesehen. „Manchmal", sagte einer der Polizisten, „sitzen die Vermissten schon zu Hause und warten auf die Familie. Sie sind froh, endlich mal alleine zu sein."

Sie warteten zuhause viele Jahre auf den Vater, bis seine Mutter ihn endlich für tot erklären ließ, damit sie eine kleine Rente bekam und sein Erbe antreten konnte.

Nun stand der Sohn viele Jahre später an diesem See. Das kleine Ferienhaus, in dem sie damals gewohnt hatten, war längst einer riesigen Apartmentanlage gewichen. Er bezog die oberste Wohnung mit Blick auf den See, hier wollte er für eine Woche bleiben. Er lieh sich ein Fahrrad, um alle Wege, die er mit dem Vater gemacht hatte, noch einmal zu sehen. Das Wetter war traumhaft, wie damals. Er mietete sich ein Boot und ruderte am Ufer entlang. Dort begegnete er Anglern und einer Tauchergruppe.

Hier endet der Text.

Wann habe ich zuletzt meinen Vater gesehen, überlegt Mani. Wir sind im Streit auseinander gegangen. „Du musst dir dein weiteres Studium selbst finanzieren. Wir unterstützen keine ewige Studentin."

Harald kommt mit einem beladenen Tablett zurück. Wie soll sie die Geschichte enden lassen?

Sie nimmt einen Becher Kaffee vom Tablett und schlürft ihn vorsichtig aus, bemerkt dabei den Blick von Harald. Er schaut sie an und lächelt. Unter seinen Augen ziehen dunkle Ringe, kann er nicht gut schlafen? Hat er Sorgen? Schon hat sie den Faden verloren, sie weiß nicht mehr, was sie schreiben wollte. Sie schwitzt, ihre Beine jucken. Sind es die neuen Wollsocken oder ist sie aufgeregt?

Die anderen Kursteilnehmer sind mit ihrem Text schon fertig. Sie sitzen gemütlich mit ihrem Getränk am Tisch und knabbern Kekse. Mani hat viel zu spät mit dem Schreiben begonnen. Welchen Beruf hatte der Vater? Es wurde im Text wenig über ihn berichtet. Also war jeder Schluss der Geschichte denkbar. War es ein Selbstmord, ein Unfall oder ist er einfach weggelaufen? Es ist still im Raum.

Alle blicken auf Mani. Sie versucht schnell noch einige Sätze zu schreiben. Harald räuspert sich: „Die Zeit ist leider abgelaufen, wer möchte zuerst seinen Text vorlesen?" Niemand meldet sich. Manis Blick klebt an den Zeilen, die sie geschrieben hat. Schnell fügt sie noch einige Sätze hinzu. Ihr Tischnachbar hat nur einen Satz auf seinem Papier stehen. Er meldet sich und sagt: „Ich bin immer schnell fertig, denn es fällt mir schwer, auf Kommando zu schreiben. Ich habe dann so eine Art Gedankenklemme." Alle lachen.

„Lies doch einfach vor. Wir müssen ja im Kurs keine Romane schreiben", meint Harald. Wieder lachen alle. Er räuspert sich, sein Kopf läuft rot an, dann beginnt er zu lesen: „Der Junge saß in einem gemieteten Boot und schaute in die Wellen. In einem strahlenden Blau erblickte er dort seinen Vater, der ihm zuwinkte. Plötzlich bedeckte eine Wolke das Bild und löschte es. Ende des Textes."

„Schön", rufen alle. „Das ist ein knapper, aber schöner Schluss der Geschichte", sagt Harald. Mani findet den kurzen Schluß einfach nur kitschig. Nun schaut Harald auf sie, so als könne er Gedanken lesen. „Wie wäre es, wenn Sie fortfahren würden, Frau Doktor alias Studierende der Schreibkunst?"

„Mein Schluss ist etwas anders", meint Mani. Alle lachen. Mit heiserer Stimme beginnt sie vorzulesen.

„Der Sohn stand auf dem Balkon und blickte über den See in Richtung Wald. Welche Hobbys hatte sein Vater außer Radfahren, Schwimmen und Gartenarbeit eigentlich? Wenn er nicht am Schreibtisch saß, stand er an einer selbstgebastelten Staffelei und malte. Früher hingen zuhause einige von Vaters Landschaftsbildern. Wie sahen sie aus? Mutter hatte die Bilder schon lange in den Keller verbannt und stattdessen billige Drucke aufgehängt. Vielleicht erinnern sie die Gemälde zu sehr an Vater. Hatte Vater damals eigentlich seine Malsachen dabei? Der Sohn schaute hinab auf die Terrasse des Restaurants, auf der einige Touristen beim Mittagessen saßen. An einem der Tische entdeckte er einen Mann mit Bart und langen Haaren vor einer Staffelei. Er schien gerade im Gespräch mit einer jüngeren Frau zu sein.

Das Profil des Mannes kam ihm irgendwie vertraut vor. Alles Einbildung, überlegte er, alles Wunschdenken. Trotzdem beeilte er sich, um schnell auf die Terrasse zu kommen. Die Tische waren fast alle besetzt. Er fand noch einen freien Stuhl, rückte ihn in die Nähe des Malers und lauschte dem Gespräch. Spinn ich jetzt oder kommt mir die Stimme bekannt vor? Klar, das ist die Stimme meines Vaters. Was soll ich machen? Soll ich mich zu erkennen geben oder soll ich ihn weiter beobachten? Hat er eine neue Frau, eine Geliebte? So ein Schwein! Die junge Frau stand auf und verabschiedete sich. ‚Danke für die Tipps, und weiterhin alles Gute in Ihrer Hütte im Wald! Haben Sie nicht manchmal Angst dort, so allein? Es sollen ja Wölfe im Wald herumschleichen?', fragte sie.

Der Mann antwortete: ‚Ich brauche diese Einsamkeit, ich habe keine Angst. Auch Ihnen alles Gute! Ich habe alles, was ich mir immer gewünscht habe.'

Ende der Geschichte für heute", sagt Mani.

Alle klatschen, Harald nickt.

Welche Hobbys hat eigentlich mein Vater, überlegt Mani. Wenn er Zeit hat, was selten vorkommt, arbeitet er im Garten, pflanzt für Mutter neue Rosenstöcke, zieht Draht für das Spalierobst. Einmal in den Ferien saßen wir einige Tage zusammen auf einem Gerüst und strichen die Fensterläden unseres Hauses. Worüber haben wir gesprochen? Ich glaube über die Schule. Er ging genauso ungern wie ich zur Schule.

‚Vater', denkt Mani, ‚was bedeute ich dir, und du mir?'

Wieder in ihrer kleinen Hochhauswohnung, legt sich Mani erschöpft auf das Sofa. Draußen singt eine Amsel, die beiden Katzen sitzen auf der Fensterbank und schauen abwechselnd auf den Supermarkt und auf den blinkenden Weihnachtsstern, lecken sich die Pfoten und den Schnurrbart. Wovon träumen sie?

Per Mail treffen gerade ein paar Weihnachtsgrüße ein.

Die Katzen kommen angeschlichen, reiben sich an ihren Beinen, miauen.

Anna

Der Tanz war beendet.

„Du musst dich jetzt ausziehen und uns alles zeigen", rief ihr eine männliche Stimme aus dem Dunkel des Zuschauerraumes zu.

Plötzlich saß sie nackt auf der Bühne, sie zitterte, es war kalt im Saal, sie hatte noch die Schweißperlen vom Tanzen auf dem Körper, um sie herum saßen Frauen und Männer im Kreis, auch sie waren nackt.

Sie erkannte einige Freunde, ihren Vater und Künstler aus der Nachbarschaft, sie erkannte auch ihn, ihren alten Tanzlehrer.

Vor den Leuten lagen Steine, abwechselnd warf jeweils einer aus dem Kreis einen Stein auf sie. Dann stand sie auf und tanzte, nackt drehte sie Pirouetten, erschöpft setzte sie sich wieder.

Da flog noch ein Stein in ihre Richtung, wieder stand sie auf und tanzte, machte eine Pause, der nächste Zuschauer warf einen Stein, sie stand auf und tanzte, und so weiter, einige Steine trafen ihren Körper, ihre Haut riss auf, alle Glieder, jeder Muskel schmerzte, alle ihre Kräfte schwanden, sie war blutüberströmt, alle schauten, warteten.

Dann warf einer ihr den ersten Stein an den Kopf.

Anna erwacht schweißgebadet mit rasendem Puls. Was war das für ein schlimmer Traum? Kommt das von der Brokkolisuppe, die sie gestern Abend in der Cafébar gegessen hat?

Stöhnend steht sie auf, hinkt ins Bad und trinkt ein paar Schlucke direkt aus dem Wasserhahn.

Fast zehn Jahre wohnt sie jetzt schon in dieser Hochhaussiedlung, in dieser Stadt im Norden. Sie wollte längst wegziehen. Nach ihrem Unfall wäre sie gerne wieder nach Süddeutschland gezogen. Dorthin, wo der Frühling vier Wochen früher beginnt, dort wo jetzt schon die Mandelbäume blühen. Aber ihre Eltern leben nicht mehr, und ihre alten Freunde sind auch weggezogen.

Als sie ihre Karriere als Tänzerin aufgeben musste, hatte sie ihre letzten Ballettschuhe an die Wand des kleinen Wohnschlafzimmers genagelt. Da hängen sie heute noch. Seufzend betrachtet Anna sie im einfallenden Licht der Straßenleuchte. Ein Schuh ist rot, einer gelb, dazwischen hängt ein schwarzer Strumpf. Als einzige deutsche Vertreterin war sie zu dem Tanzwettbewerb in Avignon eingeladen worden. Und schon bevor sie auftreten konnte, war ihr Traum zu Ende, ausgerutscht auf einer Bananenschale, auf dem Weg zum Training, so ein Witz. Trümmerbruch des rechten Sprunggelenks.

„So etwas wird nie mehr richtig gut, Ende der Karriere", hatte ihr die Sportärztin gesagt. „Ich kann Ihnen vielleicht einen Ausbildungsplatz an der Fachschule für Physiotherapie besorgen, wenn Sie die Aufnahmeprüfung schaffen. Machen Sie doch erstmal ein Pflegepraktikum und überlegen es sich."

„Dann humpele ich mit meinem kaputten Fuß und einem Kranken am Arm über den Flur?", gab sie zur Antwort.

Hätte sie den Rat damals nur angenommen. Jetzt humpelt sie in der Cafébar mit dem schweren Geschirr von Tisch zu Tisch.

Für Freunde posiert Anna schon mal nackt. Hier im Viertel leben viele Künstler. Einmal im Jahr fährt sie für eine Woche nach Worpswede, um auch dort als Aktmodell zu arbeiten. Während sie in verschiedenen Stellungen vor den Künstlern steht, bemerkt kaum jemand ihr krankes Bein. Im Kopf tanzt sie, dreht Pirouetten, springt in die Luft, lässt sich auffangen, von ihm.

Morgens schaut Anna von ihrem Küchentisch aus auf die Wand des Nachbarhauses. Dort hat sich ein Graffitikünstler an der Fassade verewigt, vielleicht wollte er ein Zeichen gegen die Tristesse setzen. Satellitenschüsseln in allen Größen sind auf und neben den kleinen Balkonen befestigt, Fahnen aus verschiedenen Ländern leuchten in der Sonne.

Vor dem Nachbarhaus, Haus 2, gibt es eine kleine Fläche mit harter, zertretener Erde, auf der im Wind Plastiktüten um ein paar alte Reifen tanzen. Und neben den Müllcontainern kämpft ein alter Walnussbaum ums Überleben.

Anna hört eine erste Amsel ihr Frühlingslied anstimmen. Vielleicht sollte man einige Bewohner zusammentrommeln und diese Fläche vor Haus 2 entrümpeln und bepflanzen? Ihre Freundin Mani wäre bestimmt dabei.

Ein Flugzeug dröhnt über die Dächer, die Krähen schreien. Anna denkt an Prag.

Gabi und Patrick hatten sie zu ihrer Prager Ausstellung eingeladen. Anna war noch nie dort gewesen. Sie reiste mit dem Zug an, denn sie hat Angst vorm Fliegen. So ein Wahnsinn, sie musste mit dem schweren Koffer ständig umsteigen, mit ihrem Bein war das eine Tortur. Es schneite ununterbrochen, immer wieder blieben die Züge stehen wegen vereister Weichen, verwehter Gleise. Sie brauchte über vierundzwanzig Stunden, und als sie ankam, war ihr Handy-Akku leer, so dass Gabi sie nicht erreichen konnte. Aufgeregt fing sie Anna im Hotel ab: „Die Galerie liegt ganz in der Nähe, neben zwei bekannten Jazzkneipen. Ruh dich aus, komm aber bitte pünktlich zur Vernissage!"

Noch müde, verlief Anna sich im Straßengewirr. Dann stand sie endlich in der kalten Galerie. Sie lag im Hinterhof eines Jugendstilgebäudes. Gabi hatte ihre schreiend bunten Gemälde aufgehängt, Patrick stellte seine riesigen Objekte aus. Sie passten gut in die hohen Räume mit den Stuckdecken. Alle tranken und redeten viel, bis ihnen endlich warm wurde.

Am nächsten Vormittag aß Anna in einem Selbstbedienungsrestaurant ihren Hamburger unter einem alten Kronleuchter, nippte an dem Coffee-to-go-Becher zwischen goldenen Mosaiken und weißem Marmor. ‚Altes und Neues liegt in Prag dicht an dicht, ineinander geschichtet, verschlungen', dachte sie.

Auf der Karlsbrücke drängte sie sich mit ihren beiden Freunden an Selfiestäben vorbei. Überall hingen Aquarelle und baumelnde Marionetten.

Im eiskalten Wind unter den Brückenstatuen standen Musiker, einige hatten kleine Öfen neben sich aufgestellt. In das Rauschen der Moldau und das Durcheinander der Sprachen mischten sich die Klänge eines Jazztrompeters und einer Geigerin, alte und neue Musik im Wetteifer miteinander.

Anna blieb vor dem Bauchladen einer jungen Frau stehen und kramte eine Brosche heraus. Es war ein emaillierter Käfer.

„Kafkas Käfer?", fragte sie auf Englisch.

Die junge Frau nickte. „Hier in Prag sind alle Käfer von Kafka", sagte sie lächelnd auf Deutsch.

„Woher kommen Sie?", fragte Anna.

„Aus Belgien, meine Großeltern stammen aus Prag. Sie sind vor den Kommunisten nach Belgien geflohen. Ich studiere hier Kunstgeschichte. Übrigens gibt es auf der anderen Seite der Brücke ein Denkmal für die Opfer des Kommunismus."

Vor dem Franz-Kafka-Museum standen Touristen und fotografierten, aber nicht das Gebäude. Sie machten Aufnahmen von dem Brunnen mit den beiden pinkelnden Männern auf dem Vorplatz. Die drei Freunde betraten das kleine Museum, überrascht von den ganz in Schwarz gehaltenen Räumen. Die gelbe Schrift an den Wänden blendete sie:

... Es gibt nur zweierlei: Wahrheit und Lüge.
Die Wahrheit ist unteilbar, kann sich also selbst nicht
erkennen. Wer sie erkennen will, muss Lüge sein ...

Eine rote Treppe führte in den nächsten Stock.
Anna ging wie durch einen Brustkorb, wie an einem
pochenden Herzen vorbei. Fotos des alten
Prag flackerten an den Wänden. In einem Raum
wurden Ausschnitte von Steven Soderberghs Film
„Kafka" gezeigt. Ein Käfer krabbelte an der Decke
entlang. „Bist du es, Kafka?", rief Anna hinauf.

Am Nachmittag besuchte sie alleine das Holocaust-Denkmal. Auf dem Alten Jüdischen Friedhof
standen die Grabsteine eng, viele neigten sich
der Erde zu, lehnten sich aneinander. Aus einigen
Gräbern wuchsen Bäume. Neben den hebräischen
Inschriften standen auch deutsche Namen. Auf einem Grabstein las sie:

Stark wie der Tod ist die Liebe: Hoheslied 8,6.

Kleine Kiesel lagen an den Rändern der Gräber.

„Steine, Gebeine", hallte es ihr durch den Kopf,
als sie an den Schaukästen mit Torarollen, Schriften, bestickten Kippas und rituellen Gegenständen
im Jüdischen Museum entlangging. In den hellen
Räumen der ehemaligen Synagoge, dem Memorial to the Jewish Victims, stockte sie. In roter und
schwarzer Schrift standen hier die Namen von

achtzigtausend Juden. Juden, die von Deutschen ermordet wurden. Beim Lesen wurde ihr schwindlig. ‚Sieht man mir an, dass ich eine Deutsche bin?‘, überlegte sie.

Wie oft an den Wänden der Name Johanna steht! Omas Freundin hieß auch Johanna.

„Halt's Maul!“, sagte der SS-Mann zu Oma. Sie wollte protestieren, als sie Johanna mitten in der Nacht aus der Wohnung zerrten. „Halt's Maul, sonst kannst du gleich mitgehen.“

Oma hat nie wieder etwas von Johanna gehört. Warum suchte Anna Omas Freundin in dieser Gedenkstätte? In Omas Heimatstadt haben die Nazis die Synagoge abgefackelt, geplündert, jüdische Bürger aus ihren Wohnungen gezerrt, in Lager verschleppt, getötet. Dort gibt es keine Wand mit Namen, keine Erinnerung, keinen Stolperstein, kein Mahnmal für Johanna.

Tag für Tag war Johanna neben Oma in der Keramikfabrik gesessen. Sie malten Blumen und Obst auf Teller und Tassen. „Wir haben oft gesungen“, erzählte Oma. „Schlager wie ‚Ich küsse Ihre Hand, Madame‘.“ Sie wohnten im gleichen Haus, hatten die gleichen Träume.

Vor den Vitrinen des Memorials blieb Anna lange stehen. Darin lagen Kinderzeichnungen, Schulhefte, vergilbtes Papier: eine Sonne hinter Gittern, brennende Häuser, Schmetterlinge, Stiefel, Schnee.

Im Hotelzimmer fiel Anna in einen tiefen Schlaf.

Draußen war es stockdunkel. Sie suchte die Galerie, in der Gabi und Patrick ausstellten. Sie lief um Ecken, hohe Backsteinhäuser, die Gasse war plötzlich vergittert, eine verlassene Kaserne? Ein Gefängnis? Es wurde dunkel, ihr Handy hatte keinen Empfang, kein Mensch war zu sehen. Aus einem Durchgang fiel Licht auf das nasse Kopfsteinpflaster, Kronleuchter baumelten im Wind. An der Wand erkannte sie Kinderzeichnungen, mit Buntstiften gemalte Sonnen und Schmetterlinge. Sie klopfte an der einzigen Tür, durch die Licht fiel.

Ein alter Mann zog sie am Arm in einen großen Raum. Riesig blickte ein Wandbild auf sie herab, eine alte Frau. Sie trug eine blaue Kittelschürze. Im Schoß hielt sie eine Schüssel, darin lagen rote Früchte. Anna erkannte pinkfarbene Himbeeren, dunkelrote Kirschen, zinnoberrote Erdbeeren. Dazwischen schauten kleine Kinderköpfe hervor, übergroße Augen schauten sie an.

Sie erschrak, weinte. Da sagte der alte Mann zu ihr: „Das sind die Wünsche, die deine Großmutter für dich aufbewahrt hat."

Am Himmel zieht ein silbern leuchtendes Flugzeug weiße Dunststreifen hinter sich her. Anna räumt das Geschirr beiseite und bleibt lange am Fenster stehen, schaut auf den Platz vor Haus 2.

Ja, genau hier, vor dem hässlichen Mietshaus, will sie einen Rosenstrauch pflanzen. Für Omas Freundin Johanna. Er soll die großen gelben Blüten tragen, die ihre Oma so gerne hatte.

„Kind", sagte sie, „stell dir alle Jahreszeiten in einer Parfümflasche vereint vor, so riechen die Blüten."

Schwester Renate

An ihrem runden Geburtstag hat man sie in Rente geschickt, ohne Vorankündigung. Jeden Tag fragt sie sich, warum? Von jetzt auf gleich war sie ohne die Arbeit, für die sie gelebt hat. Grübelnd sitzt sie vorm Fenster im vierten Stock von Haus 2 und schaut den Wolken nach. An manchen Tagen sitzt sie dort wie gelähmt. Dann zählt sie die Vögel und Flugzeuge am Himmel.

„Richtige Krankenschwestern wie Sie, Renate, gibt es jetzt gar nicht mehr", behauptet ihre Hausärztin. „Die Pflegekräfte heißen ja jetzt auch anders, Gesundheits- und Krankenpfleger oder Operationstechnische Assistenten. Meine Arzthelferinnen sind jetzt Medizinische Fachangestellte."

Renate kennt hier im Haus nur wenige Nachbarn. Als sie noch gearbeitet hat, war nie Zeit für ein Schwätzchen auf dem Flur oder eine Einladung zum Kaffeeklatsch.

Diese junge Koreanerin, die zu dem pflegebedürftigen Alkim kommt, die ist auch so eine richtige Krankenschwester. Sie ist wie Renate unverheiratet, ihre Arbeit ist ihre Berufung.

„Wir wollten Kranke pflegen und keine Karriere als Gesundheitsmanagerin machen", antwortete Renate der Hausärztin.

Jetzt sitzt sie am Küchenfenster mit einem Becher Milchkaffee und wünscht sich, wegfliegen zu können, egal wohin, nur weg. Allein will sie nicht verreisen, und für eine größere Reise reicht das Geld nicht. Vor Gruppenausflügen fürchtet sie sich. An solchen Fahrten nehmen sicher nur Leute teil, die sich bestens vorbereitet haben. Solche Besserwisser hat sie in ihrem Beruf und in ihrer Familie genug kennengelernt.

Gestern hat ihre Hausärztin ihr überraschend einen Job angeboten. Natürlich keine Stelle als Arzthelferin, die sind schon besetzt, sondern eine Stelle als Putzfrau. Die Ärztin hat es zwar anders genannt, sie sagte, sie bräuchte eine neue Hygienefachkraft, denn ihre Putzhilfe sei weggezogen.

Letztlich läuft es auf das Gleiche hinaus, denkt Renate. Sie soll als Putze arbeiten. Eine examinierte Krankenschwester mit Auszeichnungen wird Putzfrau, weil die Rente nicht reicht. Für fünfzehn Euro die Stunde soll sie die Praxisräume sauber halten und den Sterilisator bedienen.

„Das ist eine verantwortungsvolle Aufgabe", meinte die Ärztin. Renate war geschockt und glücklich zugleich. Sie sagte sofort zu. Zwei Stunden täglich oder, anders ausgedrückt, rund 150 Euro in der Woche. Vielleicht reicht das für die Pacht eines Schrebergartens.

Ihre Rente ist nach vierzig Jahren Schichtdienst erbärmlich. Ihren Ruhestand hat sie sich anders vorgestellt. Befreundet ist sie eigentlich nur mit ihrer Schwester, aber die lebt bei ihrer Tochter weit weg. Sie telefonieren einmal in der Woche und sehen sich zweimal im Jahr. Renate hatte ja nie Zeit zum Reisen, nie Zeit zum Klönen mit Nachbarn. Immer kam beruflich etwas dazwischen. Entweder wurde eine Kollegin krank und sie musste deren Dienst übernehmen, oder ein Kollege bat sie, ihn am Wochenende zu vertreten. Sie konnte nie nein sagen. Oder wollte sie gefragt, gebraucht werden?

Sie kennt diese verrückte Kati aus Haus 1. Die ist ganz nett, aber ihr Kopf ist etwas wirr. Den ganzen Tag läuft sie im Trainingsanzug herum, rennt um den Parkplatz und die Hochhäuser, als sei der Teufel hinter ihr her. Renate kennt auch den kranken Alkim, den Türken im Rollstuhl, den sie ab und zu im Aufzug trifft.

‚Ist er nur deshalb nett zu mir, weil er meinen Rat braucht?‘, überlegt Renate.

Früher war sie nie so misstrauisch. Aber seit diese Stabsärztin sie loswerden wollte, traut sie den Menschen vieles zu.

Nach dem Jobangebot ist Renate gleich zu dem Friseur neben dem Supermarkt gegangen, um sich die Haare schneiden und färben zu lassen.

„Toll sehen Sie aus", sagte die Friseurin. Und Renate vergaß beim Blick in den Spiegel, auf ihre tiefen Augenringe zu sehen, und freute sich.

Die Nachtdienste waren Renate immer zu lang. Wenn die Nacht zum Tag wird und der Tag zur Nacht, dann ist alles auf den Kopf gestellt, dann verliert man das Gleichgewicht. Renate leidet noch immer an Schlafstörungen. Wenn sie mitten in der Nacht durch einen Albtraum aus dem Schlaf gerissen wird, setzt sie sich ans Fenster und schaut in Richtung Kastanienallee, dort ist immer Betrieb. Die Jugendlichen schleichen um die geparkten Autos herum, in denen sich Liebespärchen treffen. Oben in den Baumkronen schreien die Krähen, unten dröhnen Kassettenrecorder.

Erinnerungen an ihren letzten Arbeitstag rauben ihr oft den Schlaf. Die Bilder werden so deutlich, dass sie glaubt, alles noch einmal erleben zu müssen, immer wieder, es ist wie eine Folter.

An ihrem sechzigsten Geburtstag kam ihre Chefin, die junge Stabsärztin, zu ihr und sagte: „Nun, Schwester Renate, ist es aber Zeit, dass Sie in Rente gehen. Sie sind ja nicht mehr so belastbar."

Draußen vorm Fenster liefen die jungen Soldaten mit schweren Rucksäcken im Laufschritt vorbei und sangen: „Wenn wir erklimmen schwindelnde Höhen, schreiten dem Gipfelkreuz zu …"

Drüben im Schwesternzimmer auf der Krankenstation, die fünfundzwanzig Jahre lang ihr Zuhause war, hängt einer am Kreuz, da hänge ich jetzt daneben, fühlte sie. „Ich schaffe noch fünf Jahre bis zur vollen Rente", hörte sie sich antworten.

„Kommt gar nicht in Frage", entgegnete die Stabsärztin. Diese Frau, der sie alles beigebracht hatte, die hygienische Wundversorgung, das Impfen, das Ausfüllen der Musterungspapiere, warf sie eiskalt raus.

„Sie vergessen fast alles, das ist ein Problem. Gehen Sie nach Hause und malen Sie Blumen, Sie können das doch so gut. Verdammt, ich wollte Ihnen doch Blumen schenken, habe ich doch glatt vergessen." Das war der Rausschmiss als Geburtstagsgeschenk.

Davor hatte Renate von einem Häuschen mit Garten geträumt, von Blumen, Gemüse und Erdbeeren. Sie wollte Schreib- und Malkurse besuchen. Aber jetzt, was war jetzt? Nichts ist aus den Plänen geworden, das Geld reicht nicht.

Sie steht am Spiegel, betrachtet ihr graues Gesicht. Die Ringe unter den Augen werden immer tiefer. Am Spiegelrand stecken zwei Karten und ein Foto. Das ist alles, was sie in den letzten Jahren als Dank von den Patienten erhalten hat, wenn man von den Pralinenschachteln und den wenigen Blumensträußen absieht.

Manchmal wartet sie noch auf Briefe und Karten, auf einen Anruf, den sie nie bekommen hat, nie bekommen wird. All die Kranken, die sie gepflegt hat, all die jungen Kolleginnen und Ärzte, die sie eingearbeitet hat, alle haben sie vergessen.

Diese Hausärztin hat es neulich deutlich gesagt: „In unserem Beruf darf man keinen Dank erwarten. Hören Sie auf zu grübeln, machen Sie sich selbst eine Freude, eine Reise vielleicht."

‚Aber warum habe ich noch immer diese Albträume?', überlegt sie. Bilder kommen angeflogen, reißen alte Wunden wieder auf.

Am Tag des Rauschmisses hatte ihr Herz gehämmert wie das Trommeln der Stiefel auf dem Pflaster vor der Kaserne. Immer noch ist es dasselbe Gefühl in der Nacht, dasselbe schnelle Herzklopfen.

Damals ging sie ins Personalbüro zu Hannes, dem alten Obergefreiten. Er gratulierte und salutierte zu ihrem Geburtstag. Als er vor Jahren schwer verletzt nach einer Übung auf die Krankenstation gekommen war, da hatte sie ihn wie einen Säugling gepflegt, getröstet, aufgeheitert. Alles, was eine gute Krankenschwester machen sollte, hat sie für ihn getan: den Bart rasiert, den Hintern gewaschen, die Wunden verbunden, ein Schwätzchen gehalten, den Suppenlöffel zum Mund geführt, die Hand gedrückt. Und wenn der Rücken juckte, rieb sie ihn mit Franzbranntwein ein.

„Ich kann leider nichts für Sie tun, liebe Renate", sagte er beim Abschied. „Es ist doch gar nicht so schlecht, wenn Sie jetzt schon in Rente gehen. Ich habe es ausgerechnet, wenn sie noch fünf Jahre bleiben, dann haben Sie nach Steuern höchstens fünfzig Euro mehr im Monat."

‚Was sind schon fünfzig Euro', dachte sie, ‚es sind ja nur eine Opernkarte, ein Strauß Blumen im Winter, ein Abendessen bei Kerzenschein, vielleicht ein warmer Pulli. Bei dieser schmalen Rente nach vierzig Jahren Arbeit sind fünfzig Euro verdammt viel, aber das versteht so ein Beamter wie er wohl nicht.'

„Sie machen doch einen Abschied?", hatte er sie mit ernster Miene gefragt. „Den Resturlaub bezahlen wir, das ist doch klar. Sie könnten heute gehen, nach Hause." Er lächelte. Sie kennt seine Narben, kennt seine Hämorrhoiden, auch das Muttermal unter der linken Achsel.

„Warum wirft man mich raus, ich habe immer alles richtig gemacht, oder gab es einen Fehler, von dem ich nichts weiß?"

Er zuckte mit den Schultern.

Sie nahm ihre Tasche, einen leeren Karton, warf die wenigen privaten Sachen hinein: die Schwesterntracht, die weißen Birkenstockschuhe, die Arztromane für die Nachtwachen. Sie nahm das Kreuz von der Wand, die Fotos, die kleinen Blumengemälde, und bestellte sich ein Taxi. Die Kollegen und Ärzte waren auf Visite und in der Ambulanz. So ging sie – ohne Abschied, ohne Blumen, nur mit diesem Karton und einer Konfektschachtel voller Haarspangen, Haargummis, Handcremes und mit dem Gebetbuch für die Sterbenden.

Letzte Woche hat Renate sich einen Malblock und Buntstifte gekauft.

Heute will sie Vögel malen, eine Art Vogelparadies. Morgens bekommt sie oft Besuch von einer Blaumeise. Der kleine Vogel setzt sich ins Vogelhäuschen und schaut neugierig in ihre Richtung. Die Singdrosseln wetteifern mit ihrem Gesang vorm Fenster. Sie will allen Vögeln einen Platz auf ihrem Bild geben, auch den Krähen. Alle sollen in einem blühenden Garten Eden leben.

„Vielleicht kann ich mir bald einen Garten leisten", ruft sie der Blaumeise zu.

Rosie

Manchmal ist ihr so, als würden die Blumen mit ihr sprechen, anders als Menschen, anders als das Bellen der Hunde und das Schreien der Katzen. Es ist ein Flüstern, ein Singen, etwas, das man nicht hören, aber fühlen kann. Und riechen natürlich. Wie der Schweiß eines Menschen, der Angst hat, riecht eine kranke Pflanze anders als eine blühende. Eine Blüte, die Bienen anlockt, redet mit der Biene, riecht wie ein ganzer Sommertag.

Der holländische Blumenhändler hat einen Arbeiter, ein großer Typ mit einem Zopf. Der Mann hat ihr einmal zwei große Blumentöpfe ins Haus getragen. Der Fahrstuhl war mal wieder kaputt. Der Mann musste die Treppe nehmen. Er stöhnte bei jedem Stockwerk. Sie sah, dass er hinkte. Komisch, dachte sie, er hat ja zwei verschiedenfarbige Schuhe an. Er summte eine Melodie und schielte zu ihr herüber.

Oben im Flur hat er aufgeregt gerufen: „Was ist das, ein Gewächshaus, ein Garten? Das ist ja der Garten Eden!"

Das Wort kannte Rosie nicht, das sah er an ihrem entsetzten Blick.

„Ich meine, es sieht sehr paradiesisch aus“, sagte er schnell und lächelte.

Heute Abend sind ihre Blumen stumm, der Himmel kommt ihr vor wie ein roter See, in dem Träume schwimmen. Da beschließt Rosie, für immer eine Rose zu werden. Aber das geht nur allein. Drüben bei der Nachbarin, bei ihrem Hund und dem Fernseher, dort soll ihr Sohn wohnen.

Rosie geht, keinen interessiert es, denkt sie. Die kiffenden Jugendlichen vor dem Eingang rufen ihr etwas nach, sie versteht es nicht, läuft zur Bushaltestelle. In einer Viertelstunde fährt ein Bus in Richtung Bahnhof, von dort geht der Zug nach Frankreich. In Paris soll es besonders schöne Rosen geben.

Von ihrem Flohmarktgeld kauft Rosie eine Fahrkarte nach Paris. Beim Einsteigen in den Zug schaut ein Zugbegleiter auf ihr Ticket und sagt: „Dieser Zug endet in Metz, dort haben sie eine Stunde Aufenthalt, bevor der Anschlusszug nach Paris weitergeht. Sie werden erst gegen ein Uhr in der Nacht dort sein.“ Rosie bekommt Herzklopfen, noch nie war sie allein so weit unterwegs.

In Metz hallen Ansagen auf Französisch durch die Lautsprecher. Rosie steht auf dem Bahnsteig und zittert, die Nachtluft ist frisch, sie hat nur eine Strickjacke über das Kleid gezogen.

Was heißt ,Blume' auf Französisch? Wie groß ist dieses Paris? Werde ich Mutter finden?

Rosies Reisetasche ist leicht, sie hat alles Geld mitgenommen, das für den Fernseher und die Satellitenschüssel bestimmt war. Sie geht durch das Bahnhofsgebäude und setzt sich in ein Café, dort drängen sich einige gestrandete Reisende. Sie lacht. In der Reisetasche ist ein Fernseher und eine Satellitenschüssel, und in ihrem Kopf ein Rosengarten und eine weiße große Bank, auf der die Mutter wartet.

Ein Mann mit Glatze spricht sie an: „Un café, Mademoiselle?"

„Kaffee, ja bitte", antwortet sie, „mit Milch, und einen Kakao für den Kleinen."

Der Mann stutzt: „Pardon, Mademoiselle?"

Nun stutzt sie auch. Verdammt, die sprechen ja kein Deutsch. Sie schaut dem Mann in die Augen, er hat genauso helle Augen wie ihr kleiner Sohn. Jan sitzt jetzt bestimmt bei der Nachbarin auf dem Sofa mit dem Hund und den Kartoffelchips. Wird er mich vermissen? Ihr Magen knurrt, sie hat sich nichts zu essen mitgenommen.

Der Mann geht zum Tresen und kommt mit einem Tablett zurück, darauf zwei große Schalen

95

Milchkaffee und einige Croissants, sie greift sich eins, noch bevor er das Tablett abgestellt hat und fragt: „Wann geht der nächste Zug zurück?"

Rosie sitzt im ersten Zug, der zurück nach Deutschland fährt. Sie hält die Reisetasche mit ihrem Geld fest umklammert. Bloß weg von hier; von einem Ort, an dem die Menschen sie noch weniger verstehen als zu Hause. Ob ihr Söhnchen sie vermisst? Sie ist eingenickt und träumt:

Sie steht mit ihrem Söhnchen Jan an einem riesigen Springbrunnen in einem Park, mitten in Paris. Hinter einer Statue sitzt ein Mann, er schaut zu ihnen herüber, greift nach seinem Handy und fotografiert. Sie lässt ein Spielzeugboot ins Wasser gleiten, ihr Sohn Jan schreit vor Vergnügen und schiebt das Boot mit einem Stock am Beckenrand entlang. Sie bückt sich über den Brunnenrand, ihr Rock flattert im Wind. Da hört sie, wie der Mann laut in sein Handy spricht: „Sie ist mit deinem Enkel hier, hat Geld dabei, soll ich sie mitbringen? Aber denk daran, dass du sie schnell wieder loswirst."

Als sie aufwacht, fragt sie sich, ob sie so eine Art Chip im Kopf hat, der alles, was sie tut, kontrolliert und Signale sendet wie ein Handy. Dieser Typ auf dem Flohmarkt, der ihre Augen filmte, hat der sie vielleicht überwacht, verhext? Rosies Beine beginnen zu zittern. Er hatte sicher auch einen Sender im Kopf, wie andere einen Schrittmacher in der Brust oder einen Signalgeber hinterm Ohr haben. ‚Mein Gleichgewicht, mein Schrittmacher bist du.‘ Sie lacht. Vielleicht hat auch Mutter mich mit ihrem Signal nach Paris locken wollen. Können wir wirklich frei sein und machen, was wir wollen? Niemals, nie. Rosen wachsen nicht ohne Nahrung, nicht ohne Wasser, nicht auf Beton.

Sie überlegt, aber klar, einmal hat sie einen Löwenzahn gesehen, der aus einer Betonwand wuchs.

Anna und die Heilige

Anna sitzt erschöpft auf der Bank, die sie vorher zusammen mit Mani aus dem Sperrmüll gezerrt und vor Haus 2 aufgestellt hat. Vor ihr liegt der „Garten", noch sind es nicht mehr als ein paar Meter umgegrabenes Erdreich und ein paar kleine Sträucher und Stecktriebe, die ihre mickrigen Zweige ausstrecken. Den ganzen Nachmittag haben sie und Mani geschuftet. Dann ist noch Schwester Renate dazugekommen und hat mitgeholfen und am Schluss beim Gießen der Pflanzen schon von den künftig blühenden Hecken geschwärmt. Und auch die junge Frau von Haus 1, diese Rosie, hat vorbeigeschaut. Sie will demnächst Hühnermist von einem Bauernhof bringen, das hat sie Anna versprochen.

Vor Anna steht die geflickte Gipsfigur der heiligen Barbara, mitten in dem frischen Beet. In der zunehmenden Dunkelheit scheint sie Anna anzustarren.

„Ich weiß, wo du herkommst: vom Sperrmüll. Einige Jungs sind auf dir herumgetrampelt. Wie auf mir. Einmal wollte ich mir das Leben nehmen. Wegen dieses Trainers. Wie viele junge Tänzerin-

98

nen er verführt und dann weggeschmissen hat, hab ich erst später erfahren. Ich habe jede Menge Beruhigungsmittel geschluckt und wurde ohnmächtig ins Krankenhaus gebracht. Dort bekam ich Bluttransfusionen. Ich erinnere mich, dass ich im Krankenhaus etwas erlebt habe, eine Art Reise. Es war kein Traum. Ich war auf der anderen Seite eines goldenen Tores. Dort sah ich einen Mann. ‚Wartet dieser Mann auf mich?‘, überlegte ich. Jetzt denke ich, dass es so ist. Immerhin habe ich es erlebt. Da wartet jemand auf mich.“

Anna betrachtet die Gipsfigur. Aus den Fenstern der Wohnungen hinter ihr dröhnen Stimmen, Fernsehgeräusche und Geschirrgeklapper. Die heilige Barbara schaut sie an.

„Mani meint, dass ich mir das nur wünsche, dass ich mir eine stabile Partnerschaft wünsche, das sei ganz normal. Sie sucht ja auch eine solche Beziehung. Meine Seele hat zurzeit keinen Empfang zu diesem Mann, also muss ich wohl erst tot sein, um ihm zu begegnen. Es ist wie beim Handy, wenn man in einen Tunnel eintaucht, plötzlich ist Funkstille.“

Anna schaut der Heiligen auf die geflickten Stellen und die abgeblätterte Farbe und spricht weiter: „Ich habe noch nie in solche Augen geschaut, flaches Wasser über weißen Kieselsteinen, ganz hinten hüpft eine Welle über einen moosbewachsenen Baumstumpf. Liebe auf den ersten Blick. Die Stimme war sympathisch, seine Haltung wie die eines Jugendlichen."

Ein Mann kommt fluchend aus dem Hauseingang gerannt und läuft laut mit sich selbst redend über den jetzt leeren Supermarktparkplatz.

‚Ich sollte reingehen', denkt Anna und steht auf. Sie gibt der Gipsfigur einen kleinen Schubs, so als würde sie eine Antwort erwarten.

„Ich glaube, dass jedes Sich-Verlieben letztlich eine Wunde reißt, an die man ein Leben lang denken muss. Die Flecke auf der Landkarte der Gefühle bleiben."

Gerade als sie gehen will, sieht sie den Sänger aus Haus 3 kommen. Auch im schwachen Licht der Vorplatzbeleuchtung erkennt sie ihn, an seiner Silhouette, an seinem Hinken.

Er kommt auf sie zu und winkt. Heute Nachmittag hat er nach ihrem Gespräch über die Knochen in einem Schubkarren noch zwei Sträucher gebracht und gesagt: „Hallo, die sind vom Holländer mit herzlichen Grüßen. Ich heiße übrigens Eric."

Anna dachte: ‚Der hat ja tatsächlich einen Namen‘, und bedankte sich.

„Darf ich?", fragt Eric jetzt und setzt sich auf die Bank, die Anna eben verlassen hat. Er deutet auf die Sträucher: „Die brauchen in den nächsten Tagen viel Wasser, sonst wachsen sie nicht an."

Anna nickt und setzt sich wieder neben ihn. Er schaut sie von der Seite an.

„Toll, wie du das alles organisiert hast, es war doch deine Idee?"

Anna schüttelt den Kopf. „Eigentlich war es Omas Idee. Als ich in Prag war, hatte ich einen merkwürdigen Traum. Meine verstorbene Oma ist mir erschienen. Sie hatte eine Schüssel im Schoß, voll mit Früchten und Blumen. Eigenartig war, dass dazwischen auch Kinderköpfe hervorschauten. Und ich weiß jetzt auch, was der Traum bedeutet."

Eric legt seine Hand auf Annas Hand, die auf der Bank liegt. Sie bewegt sich nicht, lässt es zu, zittert ein wenig.

„Ich habe auch öfter Albträume", sagt Eric. „Ich war als Kind oft traurig, ohne ersichtlichen Grund. Vater nahm mich nie in den Arm, nur Mutter tröstete mich manchmal. Mein Vater strafte mich aber auch nie, er übersah mich einfach. Während die anderen Jungen auf die Bäume kletterten und die Mädchen mit der Schleuder beschossen, lag ich in meiner Ecke am Radio und träumte von einer Welt, wie sie in den Abenteuerbüchern steht. Warum ich Soldat geworden bin, weiß ich selbst nicht so genau. Ich wollte wohl schnell von zu Hause weg und Abenteuer erleben."

Schweigend sitzt Anna da. Sie spürt die Wärme, die von seiner Hand abstrahlt.

„Als Kind hatte ich viele Albträume", sagt sie. „Ich erinnere mich an einen, der sich öfters wiederholt hat:

Meine Schwester nahm mich an der Hand und lief mit mir auf einem Waldweg hinter einem Schmetterling her. Wir pflückten Blumen und Erdbeeren. Plötzlich war meine Schwester weg. Ich rief nach ihr, suchte sie hinter dicken Bäumen, dachte, sie habe sich versteckt, um mich zu ärgern. Manchmal hörte ich ein Lachen, jemand sang. Ich lief immer tiefer in den Wald, der Farn war so hoch, dass er mich überragte. Ich geriet in eine Dornenhecke. Meine Hose riss, darunter blutete meine Haut. Plötzlich spürte ich eine Hand im Nacken. Jemand packte mich und zog mich mit sich. Ich schrie und zappelte, wollte mich befreien. ‚Sei still!', sagte eine dunkle, mir vertraute Stimme. ‚Ich rette dich doch, du bist fast in eine Falle getreten.' Die Hand ließ mich los, ich drehte mich um und erkannte meinen Vater. Er hatte seinen dunklen Anzug an und trug ein weißes Hemd und eine schwarze Krawatte, wie er sie bei der Beerdigung von Oma getragen hat."

Eric schaut auf Annas orthopädischen Schuh und dann auf seine Füße.

„Ich träume öfter von der Mine, die mir das Bein abgerissen hat. Es war ein sonniger Tag, die Wiese vor dem Haus, das wir Soldaten besetzt hatten, war übersät mit Blumen. Es blühten gelbe und weiße Margeriten, Ginstersträucher, Rosmarin und Blumen, die aussahen wie unser Wiesenschaumkraut. Jemand muss die Warnschilder entfernt haben. Jedenfalls lief ich ahnungslos in die Wiese.

Als sie mich fanden, war das Gras rot, mein linkes Bein und die Trommelfelle zerfetzt. Ich habe nur mit ganz viel Glück überlebt. Jetzt bekomme ich eine kleine Rente, zu wenig zum Leben. Als Sanitäter kann ich nicht mehr arbeiten, also helfe ich dem Holländer mit seinen Pflanzen. Und für die Hausmeisterdienste hier kann ich im Haus 3 umsonst wohnen."

Anna blickt im Dunkeln auf die Silhouette der Gipsfigur und fragt: „Warum singst du eigentlich manchmal auf dem Dach?"

„Ich habe Bilder im Kopf, die raus wollen. Ich habe Botschaften zu verkünden. Es gibt Tage, da glaube ich, dass ich wie Jesus eine Bergpredigt halten muss. Eine Predigt gegen den Krieg. Dann stehe ich oben auf Haus 4 und singe. Es gibt immer Menschen, die mir zuhören, das sehe ich von oben. Klar wollte ich schon mal springen, vor allem, wenn das Bein schmerzt, wenn ich die Zehen wieder spüre, die die Mine abgerissen hat."

Anna drückt seine Hand. Sie fühlt, dass seine Hände voller Schwielen sind.

„Ich muss jetzt reingehen. Aber wenn du willst, können wir uns morgen Nachmittag treffen, da muss ich nicht servieren."

„Hier?", fragt Eric.

Anna nickt und steht auf: „Und dann erzähl ich dir meine Geschichte."

Ina

Diese kleinen Augen, die sich immer wieder in ihre Richtung drehen, sehen richtig unheimlich aus. Ina kann den winzigen Körper gut betrachten, denn sie hat ihn mit einem Spezialkleber fixiert. Leider sind die Flügel abgerissen, als sie das Tier mit einer Pinzette festgehalten hat. „So zarte Strukturen reißen leicht, wenn sich das Insekt bewegt, es zappelt eben um sein Leben", meinte ihr Vater. Er hat Ina aus der Klinik lange, dünne Injektionsnadeln mitgebracht. „Zum Aufspießen", sagte er.

Das Atelier ihrer Mutter liegt im runden, turmartigen Aufbau einer alten Produktionshalle, direkt hinterm Supermarkt, neben den gammligen Wohnblocks. In diesem alten Gebäude sind jetzt Agenturen und Ateliers verschiedener Künstler untergebracht. Von hier hat man einen tollen Ausblick nach drei Seiten: Supermarkt samt Parkplatz und Industrieviertel, daneben die Wohnblocks, und nach Osten die Dächer der Innenstadt.

Ina hat sich das Thema für ihre Bio-Facharbeit selbst ausgedacht: „Seltene Libellenarten an den Eifelmaaren".

Sie denkt an Alex, der sich noch immer nicht gemeldet hat. Vielleicht macht er wieder Sport, dann geht er nicht ans Handy.

Dort, wo jetzt die Windräder kreisen, am Horizont hinter den Wohnblocks, standen früher hohe Pappeln mit Krähennestern. Die Vögel sind inzwischen in die Stadt gezogen. Die Menschen und die Vögel, sogar die Füchse ziehen in die Städte. Dort ist man eben schneller am Kochtopf, dort ist es im Winter wärmer.

Ina schaut auf den nahen Kirchturm am Markt, dahinter beginnt die Kastanienallee. Hier nisten die Krähen jetzt, verdrecken die Autos und machen einen Mordslärm, den man oft bis hierher hört. Ihr Freund Alex schreibt seine Facharbeit ebenfalls für den Biologie-Leistungskurs. Er hat unter den Kastanien schon jede Menge Tonaufnahmen von dem Geschrei gemacht.

„Ich kann deutliche Unterschiede hören. Mal klingt es nach Freudenschreien, mal nach Warnsignalen und dann wieder wie Kriegsgeschrei", erklärte er.

„Für mich", meinte Ina, „ist das alles Angriffsgeschrei."

Ina schaut aus dem Nordfenster auf den benachbarten Wohnblock. Im obersten Stock brennt

Licht. Eine Frau bewegt sich zwischen hohen Blumenstöcken, es müssen riesige Pflanzen sein. Gibt es in diesem Sozialbau etwa einen Wintergarten? Seufzend kehrt sie zurück an den Arbeitstisch.

Der Körper ist stabiler, ein Panzer aus Chitin umgibt ihn, schützt ihn. Nun drehen sich diese runden Augen wieder in ihre Richtung, starren sie unter der Lupe an. Sie macht schnell ein Foto. Diese Libellenart ist sehr selten, eine Rarität. Ina hat alle Arten der Region nachgeschlagen und vor Freude einen Luftsprung gemacht. Was für ein Glück, gleich im ersten Netz hat sie eine noch unentdeckte Libellenart erwischt!

Streng genommen hätte sie das Miniwesen gar nicht einfangen dürfen. Zum Glück ist keiner dieser NABU-Fritzen aufgetaucht, als sie mit dem Köcher unterwegs war.

„Das ist für die Wissenschaft", hat sie sich gesagt, als sie mit dem Netz immer wieder dicht über dem Wasser entlangstrich. Es war wie eine Sucht, sie zog Hose, Schuhe und Socken aus, stieg in das kalte Maarwasser, rutschte auf den Steinen aus. Vater hielt ihr einen Stock hin, so hatte sie sich wieder hochziehen können. Sie braucht unbedingt 14 oder 15 Punkte für die Facharbeit, um den richtigen Schnitt zu bekommen. Schließlich will sie später Medizin studieren, da muss man Durchschnitt Eins haben.

Alles, was sie am Maar einsammelte, egal, ob lebendig oder tot, kam in Gläser mit etwas Wasser. Irgendeine seltene Libellenart wird schon dabei sein, dachte sie und füllte nacheinander sechs Marmeladegläser.

Omas leckere Himbeermarmelade, die so paradiesisch schmeckte. Oma ist seit einem Jahr tot und Mama hat keine Zeit, Marmelade zu kochen, schade, denkt Ina jetzt. Das Wetter letztes Wochenende war gut, außerdem ist Paarungszeit. Als sie Alex später von den „Libellentandems" erzählte, lachte er und kniff sie in den Po. Wo steckt der Kerl heute eigentlich, er wollte ihr doch assistieren?

Libellen haben ein merkwürdiges Befruchtungsritual. Sie verrenken sich zu einer Herzform, um sich zu paaren, eine Art Yogaübung. Die Männchen sind wie alle männlichen Lebewesen voller Eifersucht und Überwachungsdrang. Sie fliegen mit dem befruchteten Weibchen im Tandem und achten auf die richtige Eiablage und darauf, dass sich kein anderes Männchen der Liebsten nähert.

Ina dreht eins der Marmeladegläser in der Hand, kein Insekt bewegt sich. Sie hat doch genug Luftlöcher in die Deckel gestochen? Aber vielleicht zu wenige Blätter hineingelegt. In ihrer Hand liegt eine kleine stille Welt, einige Libellen glitzern wie eine Diskokugel im Licht. Wenn man ihre Larven sieht, diese hässlichen Hüllen, aus denen sie später schlüpfen, dann ist das wie ein Wunder. Viele Insekten durchlaufen solche Metamorphosen. Könnten wir Menschen uns doch auch in einer Hülle verbergen, um dann schöner daraus zu schlüpfen!

„Genau das bieten doch all die Schönheitschirurgen an", würde ihr Vater jetzt sagen. „Sie nennen sich Ästhetische Institute, machen dir eine neue Nase, einen neuen Busen oder einen knackigen Hintern. Sie können auch das Geschlecht verändern." Inas Vater macht sich über diese Kollegen immer lustig, die – wie er sagt – für Geld alles machen.

‚Wäre ich gerne ein Mann?', fragt sich Ina. ‚Ich glaube nicht, aber ein anderes Kinn und eine kleinere Nase hätte ich schon gern.' Sie schaut in den Spiegel und streckt die Zunge heraus.

Dann setzt sie sich wieder an den Arbeitstisch und betrachtet ihre fixierte Libelle unterm Mikroskop. „Hallo, Liebchen", flüstert sie ihr zu. Die kleine Stecknadel beginnt zu zappeln, verdreht die Äuglein. „Du bist auch ohne Flügel ein hübsches Fotoobjekt", versichert ihr Ina.

Die Spezialkamera wird sehr heiß, sie darf sie nicht zu nah an die Libelle halten. Die Vergrößerung ist einfach klasse. Man sieht die kleinen regenbogenfarbigen Schuppen, wie Fischschuppen sehen sie aus. Der Stecknadelkopf hat sogar einen kleinen Mund, der bewegt sich auf und zu, wie ein Fischmaul. Dabei atmet sie nicht durch den Mund, auch nicht durch Kiemen. Am Brustkorb sitzen kleine Öffnungen, durch die Luft eindringt.

„Tracheen, Tracheen, Tracheensystem", singt Ina vor sich hin, während sie noch zwei Nahaufnahmen macht. Erzählt mein kleines Liebchen etwas oder ruft sie um Hilfe? Wie winzig mag ihr Gehirn sein? Wer hat es programmiert? Sicher hat es ein Programm für Farben und Formen. Bin ich als Feind in ihrem Gehirnprogramm oder ihren Genen gespeichert?

Bevor sie das Foto an das Biologische Institut in den USA schicken wird, das sie im Internet bei ihrer Recherche zu Libellenexperten gefunden hat, will sie es bearbeiten. Die Libelle soll auf einem Blatt sitzen, die Flügel muss sie reinretuschieren, den Hintergrund ergänzen, es soll so aussehen, als habe sie die Aufnahme direkt am Maar gemacht. Dann muss sie auf eine Antwort warten.

Vielleicht habe ich eine neue Art entdeckt! Werden Neuentdeckungen nicht nach dem Entdecker benannt, oder gilt das nur für Pflanzen? Dann wäre das vielleicht eine Calypteryx kaiseri nach Ina Kaiser. Es soll über fünfundachtzig Libellenarten allein in Deutschland geben. Wenn ich wirklich eine neue Art entdeckt habe, dann köpfe ich eine Flasche Sekt, ach was, Schampus natürlich.

Das Handy vibriert, sie zieht es aus der Hosentasche. Alex.

„Du nervst", ruft sie in den Apparat, „ich bin im Stress! Und, was machen deine Experimente?"

Er lacht: „Gleich bekommst du ein paar Aufnahmen von Singdrosseln. Wenn du noch mehr hören willst, dann musst du dich schon herbewegen. Sie machen übrigens unsere Klingeltöne nach. Was hat neulich der Spinner vom Dach gesungen? ‚Weckrufe auf Traumstufen' oder so ähnlich. Hast du den Sänger eigentlich einmal gesehen?"

„Nur von unten, von Weitem. Ich glaube, er hat einen Zopf. Sicher ist das ein armer Spinner, einer, der die Welt verbessern will. Wenn ich's mir recht überlege: Das wollen wir doch eigentlich auch, oder?"

Alex überlegt: „Ich will die Sprache der Vögel erkunden, nicht die Welt verbessern. So eine Art Übersetzungssystem für Vogelsprachen wäre cool. Ein Doktor Doolittle will ich aber nicht werden. Ich will ja nicht, dass Wissenschaftler wie du mich für einen Spinner halten."

Um ehrlich zu sein, hält Ina ihren Alex für ein bisschen schräg, auch seine nicht besonders wissenschaftliche Vorgehensweise bei der Facharbeit. Aber andererseits hat sie Zweifel. Vielleicht ist er hochbegabt, macht damit etwas, auf das die Welt gewartet hat? Auf jeden Fall ist er sensibel, und das gefällt ihr.

„Ich habe hier ein feines Liebchen unterm Mikroskop. Es bewegt seinen Mund, als würde es mit mir sprechen. Vielleicht kannst du seine Sprache ja auch mit irgendeinem Mikrofon aufnehmen und übersetzen? Komm doch bitte vorbei, draußen im Eingang lungern wieder so merkwürdige Typen herum."

Letzten Winter hatte sie eine unangenehme Begegnung mit einem dieser Typen, der sie verfolgte und anfasste. Er hatte eine Alkoholfahne und wollte Ina küssen. Da kam zum Glück Mani vorbei und trat dem Kerl in die Eier, zack, wie gelernt. Er jaulte laut auf und torkelte davon.

Alex kommt wie immer zu spät. Dass er den Klingelknopf überhaupt im dunklen Flur gefunden hat, ist ein Wunder.

„Mein Liebchen rührt sich nicht mehr", empfängt ihn Ina und führt ihn zum Arbeitstisch mit dem toten Insekt. „Schade, nun können wir sie nicht mehr flüstern hören."

Alex drückt ihr einen Kuss auf die Wange: „Aber mein Liebchen rührt sich noch", flüstert er ihr ins Ohr. „Ich hätte eh kein so empfindliches Mikrofon gehabt. Lass mich mal deine Aufnahmen von der Libelle sehen, oder nein, erst in deine Augen blicken", ruft Alex und dreht Ina in seine Richtung. Beide müssen lachen, als sie sich intensiv in die Augen sehen.

„Ich sehe einen dunklen Wald in deiner Iris", scherzt Ina.

„Und ich sehe einen Libellenflügel, der im Wind zittert", antwortet er. „Zeig mir doch mal die anderen Gläser." Ina reicht ihm eins, er nimmt es vorsichtig in die Hand, schüttelt ein wenig.

„Ein kleines Paradies im Marmeladeglas", meint er, „so viele schöne Insekten. Aber sie sind alle tot."

Ina guckt ihn spöttisch von der Seite an: „Bist du jetzt unter die Dichter gegangen? Wenn ich den

Schnitt noch schaffen will, muss ich mich ranhalten, das weißt du doch, und da gibt's dann halt Kollateralschäden.“

„Und wenn's nicht klappt?“

„Ach! Wenn's nicht klappt, kann ich immer noch im Ausland studieren. Ewig auf einen Studienplatz in Deutschland warten – darauf hab ich keinen Bock. Papa will mir vielleicht das Studium in Ungarn finanzieren. Dort muss ich mich bewerben und Studiengebühren zahlen, aber die Kurse sind kleiner und überhaupt …“

Als Alex sie erstaunt ansieht, meint sie: „Du hast ja so einen tollen Durchschnitt, dass du alles studieren kannst, überall, wo du willst. Da kann ich nur neidisch sein. Wenn ich nach Ungarn gehe, sehen wir uns wahrscheinlich kaum noch. Macht es dich nicht auch traurig?“

Alex greift Ina um die Hüfte und zieht sie an sich: „Sollen wir nicht erst darüber nachdenken, wenn es soweit ist?“

„Dir liegt wohl nicht mehr so viel an mir“, Ina will das eigentlich ironisch sagen, doch sie merkt, wie ihre Kehle plötzlich eng wird. „So oft, wie du nicht ans Handy gehst …“

„Mensch, Ina, du weißt doch, dass ich zum Sport kein Handy mitnehme. Das war schon immer klar!" Wieder will er sie an sich ziehen.

Sie stößt ihn zurück und spürt, wie ihr das Wasser in die Augen steigt.

„Klar, dir ist alles wichtiger als ich. Der Sport, die Krähen und alles. Es ist dir also egal, ob wir uns bald trennen müssen!"

Alex sagt nichts, er sieht Inas nasse Augen, dreht sich abrupt um, läuft aus dem Atelier, die Treppe runter zum Fahrrad, er rast quer über den Supermarktparkplatz Richtung Kastanienallee. Er mag keine Tränen sehen, immer müssen Frauen gleich losheulen.

Renate

Der Garten ihrer Eltern war ihr Paradies, es gab hohe Hecken, in denen man sich verstecken, einen großen Kirschbaum, in den man klettern konnte, es gab Himbeersträucher und jede Menge Blumen. An die Birnen durften wir Kinder nicht gehen, die waren die Lieblinge unseres Vaters. Er hatte ein Auge auf sein Spalierobst. Oma kochte stundenlang die Pflaumenmarmelade, die war ihr ganzer Stolz. Renate fütterte ihr Kaninchen, ließ es in der Wiese laufen.

Dann kam eines Tages der Nachbarhund und biss das Tierchen tot.

Später, als sie schon längst aus dem Elternhaus weggezogen war, hatte es mit diesen Nachbarn noch einmal Ärger gegeben.

‚Ich verstehe, warum es Kriege gibt in der Welt; weil es auch zwischen Nachbarn Krieg gibt', denkt Renate. ‚Man muss nicht mal eine andere Religion oder Weltanschauung haben, es sind der Neid und die Missgunst, die auch innerhalb der Familien Zwietracht stiften.'

Eines Tages lag ein alter LKW-Reifen zusammen mit ihrer toten Katze auf dem Rasen, die hatten die Nachbarn über den Zaun geworfen. Sie hatten behauptet, sie habe den Reifen zerstochen. Der jüngste Nachbarssohn fuhr einen alten Militärlaster und machte damit dubiose Transporte.

Hoffentlich lassen die Jungs unseren Garten vor dem Hochhaus in Ruhe.

Alkim

Er sitzt am Fenster und schaut Richtung Kastanienallee, in den Händen hält er die bunte Ansichts-
karte. Ein Meer von Hochhäusern, in der Mitte ist
ein Grünstreifen zu sehen. Das also ist New York.
Die Karte ist schon ganz zerknittert, er hat sie so
oft in der Hand gehalten und umgedreht, so als
würde mehr darauf stehen, so als würde die Karte
zu sprechen anfangen. „Schöne Grüße von meinem Ausflug nach New York", steht da.

Sie kam vor zwei Monaten an, jemand hatte die
Briefmarke entfernt. Vielleicht kam ja noch mehr
Post, in diesen kaputten Briefkästen geht einiges
verloren. Wer keinen Computer und kein Handy
hat, bekommt von seinen Kindern kaum Nachrich-
ten, auch keine Anrufe mehr. Hat er mich vergessen? Ich hatte nie viel Zeit für ihn, eigentlich habe
ich immer gearbeitet, in der Grube, im Schreber-
garten, im Taubenverschlag meines Kollegen. Da
bin ich gerne gewesen, der hatte immer einen guten Tee und ein Gespräch für mich. Zuhause gab
es immer Streit, mit dem Nachbarn, der Frau, mit
dem Sohn. Wird er überhaupt zu meiner Beerdigung kommen?

Ina

Sie betrachtet die neuen Entwürfe, die ihre Mutter
an der Atelierwand befestigt hat, daneben entdeckt
sie ein Ölgemälde in einem altmodischen Goldrahmen. Ina überlegt, ist es neu? Sicher habe ich es
schon oft gesehen oder besser gesagt übersehen.
Es zeigt ein gelbes Feld vor einem blauen Himmel
mit wenigen Schäfchenwolken. Sonst ist nichts auf
dem Bild, kein Mensch, kein Weg, kein Strauch.
In der Mitte des Feldes ist ein weißer Fleck. Merkwürdig, denkt Ina und tritt einige Meter zurück.
Von weitem sieht die Form des weißen Flecks in
dem gelben Feld aus wie die Spiegelung der Wolke, die darüber hinwegzieht.

„Mutter", ruft sie, denn sie hört ihre Mutter
im Nebenraum rumoren. „Von wem ist das Gemälde?" Ihre Mutter ruft zurück: „Es ist von einem wenig bekannten Landschaftsmaler aus unserer Stadt. Es hängt schon ewig da, du hast es wohl
übersehen. Der Maler ist schon lange tot. Wenn es
dir gefällt, nimm es doch mit." Ihre Mutter hat einen alten Schuhkarton geöffnet und zieht einzelne
alte Schwarzweißfotos heraus. Ina stellt sich daneben und sieht einige Heiligenbildchen im Karton

liegen. „Gehörte alles deiner Oma", erklärt ihre Mutter.

„Ich wusste gar nicht, dass Oma fromm war?", fragt Ina.

„Sie war katholisch, das weißt du doch", antwortet ihre Mutter, während sie die Fotos einscannt. „Frag mich nicht warum, aber sie verehrte die heilige Barbara. Vielleicht, weil ihr Vater, also dein Urgroßvater, Bergmann war. Sie hatte sogar eine Figur aus Gips von dieser Heiligen. Ich habe sie zusammen mit den anderen Sachen weggeworfen, weil sie mir runtergerutscht ist beim Aufräumen.

Die heilige Barbara

Meterhohe Bäume und blühende Sträucher stehen vor Haus 2. Sogar einen Spielplatz haben sie dort eingerichtet. Die heilige Barbara kann es sehen. Unruhig streicht der Nachtwind über ihre dünne, mehrfach geflickte Haut. Im Dunkeln kann sie die künftigen Blüten riechen. Sie denkt an all die Legenden, die sich um sie ranken wie diese Pflanzenzweige über ihren Körper.

„Ich weiß nicht, ob ich im dritten Jahrhundert oder deutlich später geboren wurde. Vielleicht haben mich die vielen Geschichten um meine Person verwirrt. Ich soll in Nikomedia, das heute Izmir heißt, zur Welt gekommen sein. Die Leute, die mich verehren, behaupten, ich sei als Jungfrau vom eigenen Vater gequält und getötet worden, weil ich den christlichen Glauben angenommen hatte. Mein Vater hat einen Turm bauen lassen, um mich darin einzusperren. Mein kurzes Leben war ein Krimi, wie bei euch die Fernsehfilme am Sonntagabend. Mein Vater ließ mich schlagen, bis mir die Haut in Fetzen vom Körper hing. Er war ein gefürchteter Verfolger der Christen. Mir wurden sogar die Brüste abgeschnitten. Ich wurde sicher auch vergewaltigt, habe keine Erinnerung mehr. Das war doch üblich damals und ist es auch heute noch, als Folter. Zum Schluss wurde ich vom Vater mit eigener Hand geköpft.

Ich bin eine der vierzehn Nothelfer der katholischen Kirche, die Schutzpatronin der Bergleute, der Geologen, Dachdecker, Artilleristen und Sterbenden. Ich glaube, auch der Feuerwehr. Ihr könnt mich also anrufen, dann stehe ich euch in der Not bei, wie eine Krankenschwester!

Märtyrer, Heilige gibt es immer noch, schaut euch doch mal um!"

Auf der Bank sitzt die ehemalige Tänzerin Anna. Sie wartet auf Eric, den Sänger.

Die heilige Barbara sieht über die frisch angelegten Beete zwischen den dunklen Wohnblocks.

Der Bergmann Alkim ist schon lange tot, was hat er immer gesungen: „Glück auf, Glück auf, der Steiger kommt; und er hat sein helles Licht bei der Nacht schon angezündt, schon angezündt …".

Anna blickt sich um, hat eben die Gipsfigur oder habe ich gesprochen?

Friedel Weise-Ney – *„Traumstufen"*

Danksagung

Mein größter Dank geht an Frau Karin Fellner, Lektorin und Lyrikerin aus München, die mir seit einigen Jahren beratend zur Seite steht. Ich danke auch Frau Petra Simons aus Aachen und Herrn Ralf Wolf aus Jülich für ihre freundschaftliche Unterstützung. Danke auch an Martin Conrad, Maler und Dozent aus Hamburg, für das Titelbild; und Gerda Warning-Rippen für das Bild „New York", 2013, auf Seite 10.